河出文庫

5分後に涙が溢れるラスト

エブリスタ 編

河出書房新社

5分後に涙が溢れるラスト

【目次】 CONTENTS

不変のディザイア

plamo

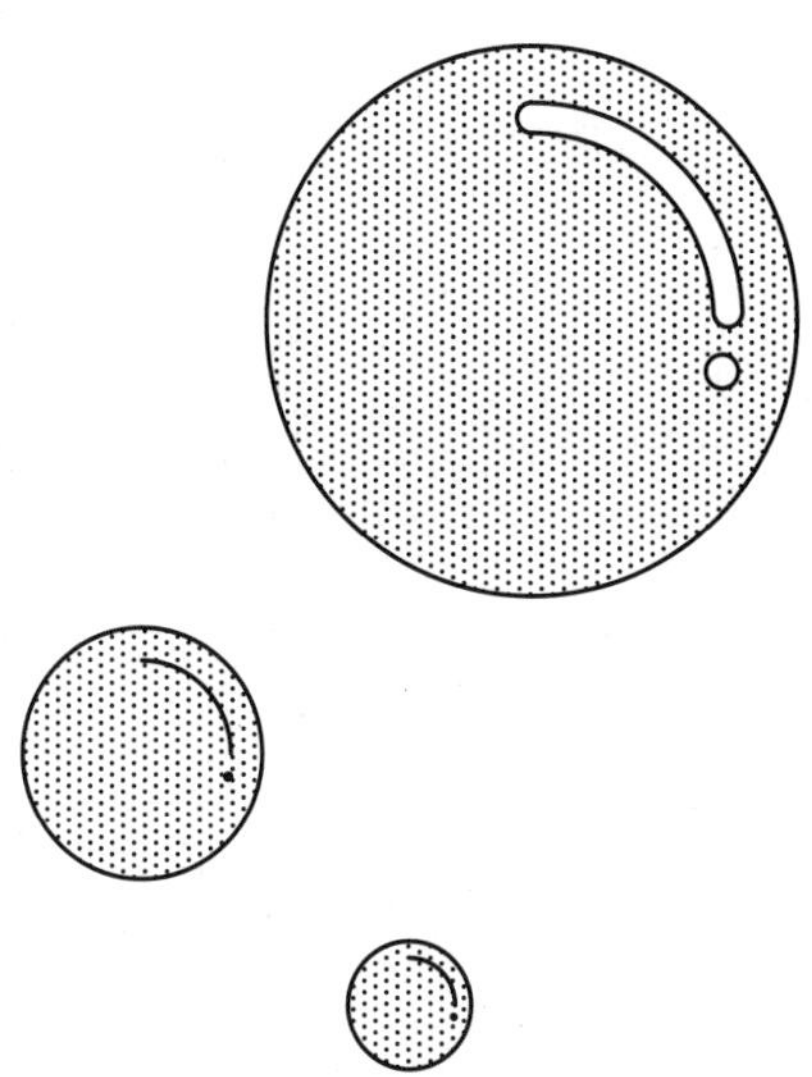

その摩訶不思議なアプリに従ってメールを送信すると、一年前の自分のスマホにちゃんとメッセージが届いた。オレは歓喜に震えた。

最初は、何をバカなとオレも思っていた。しかし切羽詰まったオレに、神がくれた最後のチャンスと思って、いや、悪魔にもすがる気持ちで、そのアプリをダウンロードしたんだ。

「過去アプリ」というらしい。

使用法が書いてあった。

①アプリを起動させましょう。
②メッセージ作成画面が表示されたら、そこで送りたい文章を完成させましょう。

③後は送信ボタンを押すだけで、ピッタリ一年前のこのスマホにメールが届きます。

ずいぶん簡単だが、妙に説得力があった。

説明はさらに続いた。

④送信後の注意

メッセージが一年前の自分の元に届き、それを読んだ場合、現在の自分にも、後から記憶が追加されます。

また、過去にメッセージを送ると、内容次第で大なり小なり現在にも影響が出る場合があります。注意してご使用ください。

アプリを起動させるとすぐメッセージ作成画面になった。

チープなフォーマットに期待感も恐れもなかった。これじゃ試す奴などいないだろう。

『オレは一年後のお前だ。未来の話を教える』

なんてメッセージを作成すると、バカなことをしていると、少し気恥ずかしくなった。

画面をスクロールしていくと、送信アイコンがあったので、まあいいやとそのままタップ送信した。

しばらくすると、オレの記憶に、昔そんなことがあったという「事実」が付け加わった。

具体的に言うと、当時、まあ一年前なのだろう、変わった内容のメールが届き、それを読んだが、ただの迷惑メールだと思って、気にも留めなかった。

そのメールこそが、たった今オレが送った『未来からのメッセージ』だったのだ。

オレには変えたい過去がある。どうしてもやり直したい今があるのだ。

鬼気迫る眼差しが、スマホの画面に反射してオレを睨んでいた。

視線を少しそこから外すと、床に倒れた女が目に入る。

その女は動かない。流れ出る血液で、べったりとカーペットを染め抜いて。

『三好遼子と結婚してはいけない。別れろ』

「過去アプリ」を通してメッセージを作成し、一年前の自分に送信する。

「これでいい。これでいいんだ」

　この「過去アプリ」を本物と認識すると、とたんにオレはその結果に対する、過度な期待と不安に落ち着かなくなった。忌々しい現実を払拭すべく、興奮を押し殺し、現状の変化を願った。だが変化はない。今も三好遼子は自分の妻のまま、そこで死んでいる。


　それから思い出した。遼子のことが書いてあった迷惑メールのことを。オレはそれを少し気味悪く思っただけで、まさか未来の自分から届いたメッセージだなんて思いつきもしなかった。それどころか、オレのアドレスと、遼子との関係を知っている知人の悪戯だろうかと、腹立たしく思ったんだ。

「当たり前だ。こんなメッセージを信じる奴などいるものか」

　愚痴っぽく、つい声に出してしまった。

「まあ、そりゃそうだな。ハハッ」

オレは、自分の説得に失敗したオレを嘲笑(わら)った。

三好遼子は職場の同僚で、同じプロジェクトチームになってから関わることが多くなった。

共通の目的に向かって協力していく中で、価値観や人となりも分かってくると、彼女といるとき、居心地のよさを覚えるようになった。次第に、オレの中で三好遼子の存在は、無視できないほど大きくなっていった。

程なくオレは彼女に告白して、それから付き合いが始まったのだ。

「訳の分からんメッセージを鵜呑(うの)みにして、恋人と別れる人間なんていてたまるか」

と、誰にでもない、自分に言い聞かせるように、一人つぶやきながらオレはスマホを操作する。

ロトの当選番号のサイト。

一年前の自分が買える当たりナンバーを調べる。

あった。一千万円くらいの当選番号を教えて、このメールが本当に未来からのメッセージなのだと信じさせる。まあ金は手切れ金として使ってくれとでも書いておくか。

「さあ、過去のオレよ、驚き、そして信じるがいい。この未来からのメッセージを」

オレは簡潔な内容のメッセージを作成し、ふたたび送信ボタンを押した。

また迷惑メールが来た記憶が湧いた。

あのときは、しつこい、ウザいと苛立ったが、しかしその内容は妙にリアルで不気味にも思ったっけな。

これも後付けの記憶なのだろうか。

高額当選金の番号を教えてから三日が経った。

オレにロト当選の記憶などなかった。失敗したのだろうか。

もう一度当たり番号を教えようかと思っていた矢先、突然、思い出したように記憶が現れた。

そ、そうだ。あのときは信じられなかったが、オレはあのメッセージのとおりロトくじを買って千二百万円の当選金を手にしたのだった。

大掛かりな嘘かと思った。でもあのメールは、本当に未来からのメッセージなのだと信じざるをえなかった。巨額の銀行預金が、これは現実なのだ、と突きつけてきた。

「ハハハッ。やった、これで信じたろう」

過去のオレに対して、してやったりとオレは笑った。

その後、高額当選金を手にしたオレは未来からのメッセージに従った。その言葉をさすがに信じることにしたのだ。三好遼子との仲を清算するべく、その金を手切れ金に別れを迫った。

だが、三好遼子は承諾しなかった。そんな金は要らないと言ったのだ。

正直驚いた。ただの恋仲の清算に一千万円を受け取らないだなんて信じられなかった。

彼女は、もし本当に別れたいなら、私が嫌いになったのなら、そう言ってくれれば黙って消えると、静かに泣きながら言った。オレは唖然とした。

おもねるように高額な手切れ金まで用意して、突然別れてくれなどと言い出されても訳が分からない。信じられない。承諾できないと。一千万円よりオレを選んだのだ。

いや、実はこうなってしまう懸念はあったのだ。遼子のオレに対する執着は強い。

時折異常とも思えるほど一途だった。一年前のオレは、遼子を抱きしめた。遼子のオレへの愛を強く感じたのだ。金よりオレを選ぶ、何物にも代えられない愛情を。オレも遼子を愛した。ここまでオレを愛してくれる女性は他にいなかったから。

「何やってんだオレは」

オレは過去の自分に対して腹が立った。

そして後悔。あのときは情にほだされて別れることができなかった。むしろ愛が深まったと言える、しかし、泣かれても、嫌がられても、別れるべきだった。

「……どうするか。時間はもう、あまりない」

実に厄介だ。過去なんかすぐ変えられると思っていたのだが。スマホから視線を外し天井を見上げ思考を巡らす。

首を吊り自ら命を絶った遼子が揺れていた。

また一日経過した。

その後オレと遼子の仲はみるみる進展し、当選金は結婚資金と新居にあてることになった。今さら沸々と現れる記憶にオレは焦りだした。

「早くしないと時間切れになる」

代わり映えのしない結末と過去のオレに苛立ちを覚え歯軋りをする。どうするか、どうすれば二人を別れさせることができるのか。仕方なくオレは、遼子と別れなければ不幸になる、オレを信じろ、と脅しともとれるメッセージを送った。

また一日経過してオレに記憶が現れた。

当時のオレは、未来からのメッセージを読んでそれを信じても、従うことはせず、遼子と別れたりしなかった。

遼子を愛し、どんな不幸も二人一緒なら乗り越えていけると思ったのだ。

「それじゃダメなんだ……」

深く溜め息をつき、スマホを見つめる。憔悴しきったオレの顔が映っていた。

傍らには蒼白な顔で横たわる遼子と、睡眠薬の空箱が多数。

仕方がない、オレは事実を伝えることにした。

心が痛かった。

あの宣告を、よもやオレがオレに言うことになるとは。自分を不憫に思った。

『オレはもうじき死ぬ。病院に行き診察を受けろ』

これで全て分かるだろう。震える指で送信ボタンに触れた。

病室のベッドで横になり、胸の位置でスマホを見ながら回顧する。

オレはまるで物語を読むように、自分の記憶をまさぐる。

殺風景なこの部屋を訪れた者は誰もいない。遼子は一度も見舞いに来ることなく先に逝った。オレはただ死を待つためにこの病室にいる。

二日経ったあと、不意に思い出した。

そうだ、あの未来からのメッセージを読んだときは、信じる以前に腹が立ったっけな。信じたくなかったんだ。でもだんだん怖くなり、いても立ってもいられなくなって病院に行ったんだ。

そして医者から末期癌の宣告を受けたときは本当に目の前が真っ暗になったな。

余命一年。これから遼子を幸せにすると決意した矢先、奈落の底に落とされた気分だった。

これでは遼子を不幸にすることしかできない。

こんな未来のない男の巻き添えで人生を棒に振る必要はないんだ。遼子を思えばこそ身を引くべきだったのだ。

また思い出した。

事実を知ったオレは、少し自暴自棄になり、遼子にも辛く当たった。遼子と一緒にいるとオレが辛かったのだ。遼子を幸せにすることができない。ずっと傍にいてやることができない。そんなささやかな幸せすら叶わないと深刻に悩んだ。やがて塞ぎ込むことも多くなり、自然と遼子とは疎遠になっていった。


「これでいいんだ」

決して変わらない未来がある。どうしても変えたい現実がある。それはオレと遼子の死だ。彼女は何をやっても自殺してしまう。オレの病を受け入れられずに、無理心中を試みたり、耐えられず一人先に逝ったり。

今もまた思い出してしまった。深紅の湯船に沈んだ遼子の姿を。

遼子をオレの死の巻き添えにするくらいなら、己の運命を呪い、孤独に死んでゆくほうがまだましだ。遼子を愛しているならば、できるはずだ。

『遼子から離れて治療に専念しろ』

かすかな希望にすがり、また過去の自分にメッセージを送った。

ベッドから頭をもたげて窓の外を見ると、人が落ちてゆく幻影を見た。激しく動揺する自分に言い聞かせる。

「ち、違う、遼子じゃない。遼子はもう死んだのだ」

変わらない最悪な結末を終わらせるのは、オレの死だけなのだろうか。

オレはもう嫌気が差してきた。何をやっても遼子の悲惨な死は覆らないのだろうか。

三日が経過して、やっと新たな記憶が付け加わった。

長期休暇を取り、延命治療を受け始めたときだ。

遼子がオレの家を訪ねてきて、今からここで一緒に住むと言った。彼女は手荷物一つ持って実家から家出してきたのだ。

オレは正直嬉しかった。どれほど自分が寂しかったかそのときに知った。自然に涙が込み上げてきた。しかしその感情を押し殺し、帰れと遼子に怒鳴った。でも彼女は動じず、テコでもこの場所を動かないと決意を目で訴えていた。

しつこく離別を求めるオレに遼子は何も言わず、ただ献身的に尽くしてくれた。彼女はオレの体のことを知っていたんだ。オレの態度の豹変を疑問に思い、自らオレの病気を調べ上げたのだ。

そして、にっこり笑ってこう言ったんだ。

「大丈夫、私も一緒に死にます」

「だ、ダメだ」

オレは慌てて「過去アプリ」でメッセージを作成した。

『遼子を受け入れるな。彼女が自殺してしまう』

対策もアドバイスもないまま、送信ボタンを押した。

オレの知っている遼子の死に方はこうだった。半狂乱になって外に飛び出しトラックに轢（ひ）かれて死んだ。

落胆してスマホを見つめた。

すぐに記憶が現れた。

未来からのメッセージを読んだオレは、事の重大さを感じた。もはや感情を押し殺すことができなくなり、遼子を説得する自信もないまま、オレは自身の体のことと、今までの経緯を洗いざらい彼女に話して、そのあと遼子を抱きしめたんだ。

「もうこれしか手がない」

一年前のオレはきっと分かってくれると願いながら、オレはメッセージを書き綴った。

送信ボタンを押し、改めてそれを見返すと、送り先が自分だと分かっていても、あまりに悲惨な内容で、オレは自分を哀れんだ。

『誰にも知られず、ひっそりと死んでくれ』

しばらくして記憶が現れた。

運命を呪うわけでもなく、何かに当たり散らすこともなく、ただ、不変の愛が痛かった。

遼子が一人買い物に出かけた隙をついて、とっさにオレは家を飛び出した。

それが唯一の解決法だと理解したんだ。

オレはスマホを前に、もはや奴に対して何も言葉をかけてやれない自分を呪った。

そしてまた一日が経ったとき、思い出したように記憶が現れた。

一年前のオレは着のみ着のまま家を飛び出すと、樹海を目指して電車に乗った。ロングコートの中はパジャマだったし、所持金も少ない。髪の毛もボサボサで、やつれた顔をして、誰が見ても少しおかしいと思うはずだ。だが声をかける者など誰一人としていなかった。次第に乗客もまばらになり、電車を降りると、オレは本当に独りぼっちになった。

辛くて、悲しくて、そして怖かった。

世界で一番大切な女性の幸せは、オレと一緒に人生を歩むこと。

だけどオレにはそれができる、未来がない。

三好遼子はオレを愛している。オレが死んだら必ず後を追うだろう。不幸になると分かっている男に執着し続けるなんて、それ自体が不幸の極みだ。

断ち切らねばならない。不幸の原因は消えなくてはならない。そうだ。死の事実を隠し、遼子の前から消えるのだ。オレがしてやれることはもうこれだけなんだ。

オレは泣いた。涙が止まらなかった。

一年前のオレと今のオレの決断を、誰が許すと言ってくれるだろうか。

たぶん過去のオレが死んだとたんに、今のオレも消えてなくなるだろう。それは構わなかった。もう時間切れ。明日も生きていられるか分からないほどオレの病状は悪化している。でも遼子はどうなるのだろうか。今のオレには未来はおろか、過去すらなくなってしまった。

独りぼっちの病室のベッドで頭をもたげて窓の外を見ると、鮮やかな青空を鳥が飛んでいた。

オレは溜め息をついた。

ガラス窓で隔たった外界と病室とでは、あまりにも世界が違う。どちらかが幻想ならばまだ救いがあるのに。

哀れなオレよ。

オレには未来がない。誰も救いの手を差しのべてくれる者はいない。

だが、一年前の自分よ。お前にはまだオレがいる。

奇妙な感覚だった。オレは一年前のオレを、不思議なことに客観的に見ていた。別人のように感じてしまった。まるで、人助けをするような気持ちが込み上げて、救ってやりたくなってしまった。

そうだ。オレだけがお前を助けることができる。震える指で、ゆっくりとスマホを操作する。

たぶんこれが最後の、未来からのメッセージになるだろう。

オレのほうが限界なのだ。もうそのときが来てしまったようだ。

『お前にはまだ一年未来がある。あと少し生きろ。遼子とともに精一杯生きろ』

もし何をやっても遼子の想いが変わらないのなら、逆らわずに、受け入れてやるほうがいいのかもしれない。そう思った。

送信ボタンを押した瞬間、過去の映像が脳裏に現れた。

翌日自らの足で自宅に帰りつくと、遼子が待っていてくれた。一睡もしていないのだろう。泣き腫らした目をしていた。

自殺未遂と悟った遼子は、半狂乱で泣きながらオレを叱った。オレがいなくなったらあとを追うとも言った。

オレは遼子に、もう死ぬ気はないことを伝えて、一緒に精一杯生きると誓ったんだ。

未来を二人で。

オレは開き直って残りの人生を歩むことにした。残された時間は変わらなかったが、ずいぶんと気が楽になったように思う。

しばらく経って、遼子が言った。

嬉しそうに、自分のお腹にオレの手を当てて、赤ちゃんを授かったと。

オレは驚いた。それは大きな衝撃だった。

最初は戸惑ったものの、遼子はとても喜んでいた。あんなに幸せそうな顔を見たのは初めてだったから、オレも嬉しかった。

朦朧（もうろう）とする意識の中で、さまざまな記憶が溢れ出す。

どれも遼子との思い出だ。

近所のコンビニに行った。有名ラーメン屋に並んだ。北国に大雪を見に行った。桜の木の下で寝そべった。富士山を一周した。二人で、ゆく夏を惜しんだ。

幸せを感じた。今この瞬間も、オレは充分幸せな人生を送れた。

そしてオレの妻、遼子は今、分娩室にいる。

願わくは、息子の顔を一目見たかったが、残念ながらそれは叶いそうにない。

現実は変わった。遼子もオレも幸せに過ごせた。だが未来は分からない。それは当たり前のことなのだが。

心残りは、やはりある。

最期のときが来た。

とてつもなく眠くなってきて、どうしても抗うことができずに目を閉じかけたそのとき、メールの着信を知らせるメロディがスマホから鳴り出した。

最後の力を振り絞り、オレはメールを確認した。

驚いた。

それは一年後のオレからの『未来からのメッセージ』だった。

オレは夢でも見ているのだろうか。いや、死ぬ寸前の奇跡か妄想か、どちらでも構わなかった。

メールには画像が添付してあった。幸せそうに微笑む女性。紛れもなく遼子だった。その腕には男の子を抱いて。

嬉しかった。この子が未来を作ってくれたんだ。

『私は大丈夫、幸せです』

それを読んで、オレは静かに目を閉じた。

うばすて課

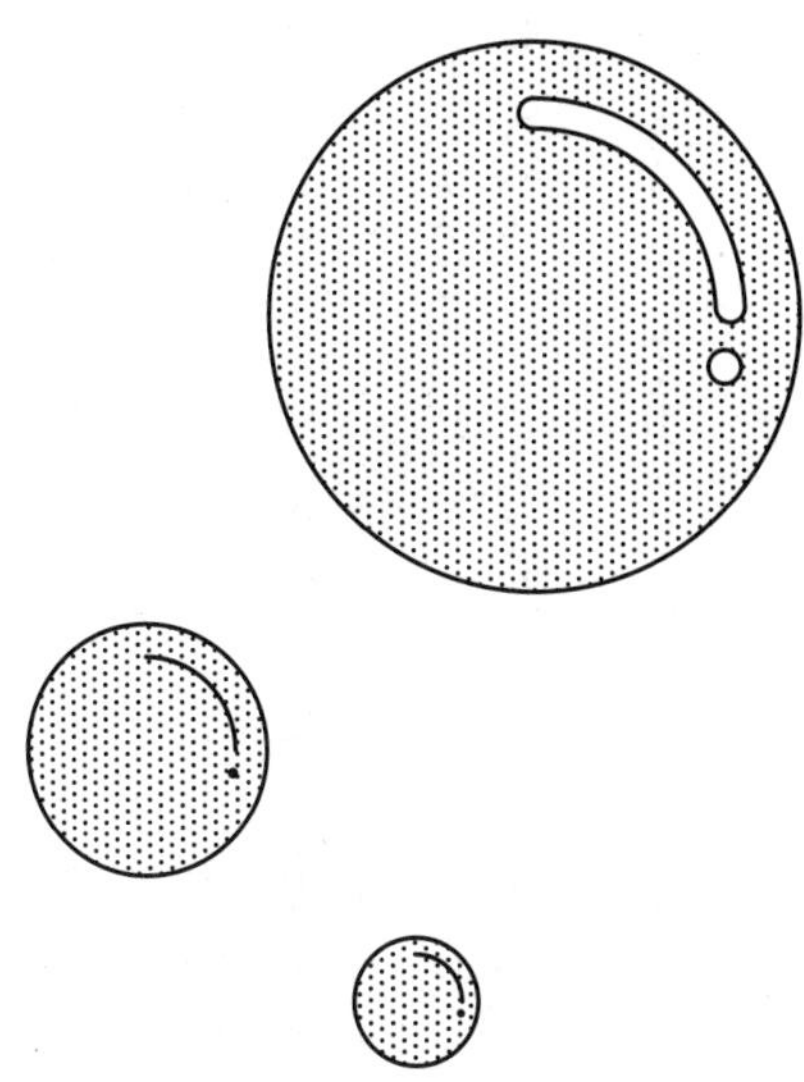

森まる

よりによってこんな所に配属されるなんて。

僕って奴はなんてツイていないんだ。

——この課だけは、嫌だった。


僕の勤める市役所は、平日の早い時間だというのに問い合わせや相談、申請をしにやって来た人々でごった返している。

半年前に建て替えられたばかりの比較的大きな市役所。

ピカピカの真新しい待ち合い椅子は、ひっきりなしに入れ替わる人間を今日も健気（けなげ）に支えている。

僕は、前の配属先だった『こども課』をうしろ髪を引かれる思いで通り過ぎる。

こども課はよかった。

妊娠出産に関する手続きや育児についての相談。

トラブルやクレームも少ない。

赤ちゃんを抱え泣きながら飛び込んでくる人なんかも時々いたけれど、未来を見据えるこの課にはどこか希望が溢れていた。

ずんずんと奥へと進んでいく。

生活保護申請を行う『生活福祉課』は、役所の中でも奥まった所にある。申請しに来た人が周りの目を気にするからだ。

生活福祉課の前も通り過ぎる。

辿り着いた最奥の一角に、ひっそりといった感じで小さなプレートが下げられていた。

『老者委託課』

通称、うばすて課。

ここが僕の配属先だ。

超高齢化社会。

成人の五人に一人が要介護者を抱える時代。

需要と供給のあまりのアンバランスに、介護施設へ入るための費用は爆発的に跳ね上がり、今や相当の金持ちでなければ入ることはできず、自宅介護が主流。

相次ぐ殺人や無理心中に頭を抱えた政府は、『未来ある若者に自由を』という大義名分のもとに、いわゆる〝うば捨て〟を合法化した。

うばすて課という通称は、この政策が介護の必要になった老人を捨てるような非道さを持ち、それが『姥(うば)捨て山』という、村のお触れにより老人を口減らしのため山へ捨てに行ったという昔話と類似することに由来する……らしい。

とは言っても、〝捨てる〟というのは少々語弊がある。

ケースワーカーとの面談や家庭訪問後、正式な手続きを踏めば『ヘブン』と呼ばれる施設に入ることができ、介護を国に委託できるのだ。

このヘブンは完全にオートメーション化された施設であり、家族の見舞いがない限り人との接触は皆無。管理され、ただただ生かされるだけというやり方に捨てたも同然という反対意見が根強いことも、また事実だ。

それでも、ここに相談に来る人たちのほとんどはそうせざるをえない状況を抱えているのだ。

しかし費用に関しては全て国が賄(まかな)うのだから、当然申請を全て受理するわけにはいかない。

ケースワーカーは面談の中で要介護者の健康状態、介護者の精神状態等からへブンへの入所の必要性を判断する。

中には、金はあるが出したくないという者や、十分介護に耐えうる環境下にありながら、面倒臭いといった理由だけで申請に来る不届き者も確かに存在する。

本当に必要としている者と、そうでない者。それを選り分けるのが老者委託課……うばすて課だ。

僕は今日からここで、ケースワーカーとして勤務することになったのだ。

「本当に大変なんです。もう、私が死んでしまいたいくらい」

『あのババァ、早々にボケやがって。こんなことならポックリ逝ってくれたほうが何百倍もマシだった』

「私は、義母のことを最期まで看とりたいと言ったんです。でも、主人が私を心配してしまって……」

『さっさと申請させろよ。こっちはこれから美容院の予約してんだよ』

うわ……だから、嫌だったんだ。

僕は初日とあって窓口に出ることはせず、カウンターの中で事務処理をこなしながら先輩職員の対応を見学していた。

パラ……

ハンカチで目元を拭う仕草を見せた主婦を前に、先輩は捲った資料を追うばかりで、眼前で展開されている三文芝居には目もくれなかった。

「佐藤さん……お義母さんは要介護認定は受けてらっしゃいますか？」

「え？　いえ、それはこれからで……」

「病院にも通院されていないようですが」

「病院に連れていくのも大変なくらいなんです！」

「車を四台保有されているようですね。それもなかなかの高級車を。これを売れば、施設への入居費用になるのでは？」

「そ、そんなこと、できるわけないじゃないっ！」

主婦の金切り声に、コツコツとデスクを突いていたボールペンをピタリと止め、先輩は言った。

「はっきり言って、お話になりません。国はこのケースに一切金は出せません」

＊

「三上（みかみ）さん。ここは全館禁煙ですよ」

僕がトイレから出ると、廊下の隅で携帯灰皿を持った先輩が煙草をふかしていた。

「固いこと言うんじゃねぇよ、新人」

先輩である三上さんは三十代後半のベテランケースワーカーで、先ほどの二枚舌主婦を一刀両断した人だ。

噂では、この人はなかなか申請を通さないという。冷静に、淡々と、選り分ける。

数日前挨拶のため課を訪れた僕は、とても驚いた。

この人だけ読めなかったのだ。

僕の性質上、やりたいかやりたくないかは別として、向き不向きで言えば、このうばすて課ははっきりと……向いているのだと思う。

物心ついたころからそうだった。

人の心が読める。

自分の意思とは関係なく次々に流れ込んでくる他人の思考。

この能力のことを話せば、もしかしたら羨ましいと言う人もいるかもしれない。

しかし実際のところ、デメリットのほうが断然多い。

敵意
悪意
嫌悪
憎悪

ノーガードのところに飛び込んでくるそんな他人の感情は、ダメージでしかなかった。

精神的にはもちろんのこと、あまりに強い思考の場合は、あてられて実際に体調を崩すことだってある。

成長するにつれて多少はコントロールができるようになったものの、気楽に使いたい能力じゃない。

だけど、この課ではその能力が役に立つ。

人の汚い本音を、嘘を、見抜くのだ。

……ああ、なんて嫌な仕事なんだろう。

「三上さんは、嫌にならないんですか？」

「何がだ？」

「この課では、人間の醜いところばかりを見るでしょう。嫌にならないんですか？」

僕の質問にこちらを向いた三上さんは、携帯灰皿に煙草をねじ込んだ。

「初日でもう辞めたくなったか？」

「いえ……」

「お前の心が叫んでるぞ。こんな所、まっぴらだって」

「……」

三上さんはフッと笑って、そのまま課に戻ってしまった。

＊

僕の初仕事は散々だった。

申請の相談に訪れた男はとても制度を適用できるようなケースではなく、早く年老いた親を捨てて自由になりたいという念だけが渦巻いていた。

病院に行くこと、資産整理をして施設入所の金を工面するよう伝えると、逆ギレした末に暴れ、警察に連れていかれた。

「はぁ……」

超高齢化社会は、介護する側の人間の心を相当に蝕んだ。

読んでも読んでも出てくるのは私利私欲や保身ばかりで、当の要介護者を気遣う者はほとんどいない。

僕が想像していたものより不正申請の数は圧倒的な多さだった。

ここは、どこだ?

いろいろな手を尽くしてもどうにもならなくなってしまった人たちが、最後の砦として頼る所ではなかったのか。

深いため息をついた。

「おい、新人」

と、僕を呼ぶ声と一緒に、僕のデスク上に缶コーヒーが置かれた。

「あまり感情的になるな。俺たちは冷静に、客観的な目で、ヘブン入所の必要不必要を見極めるだけだ」

「はい。……ありがとうございます」

「ふん、やけに素直だな」

僕は、その三上さんの忠告を本当の意味で分かっていなかったのだ。

そのことを知らしめるように、彼女は僕の前に現れた。


「一〇二番の番号札をお持ちの方、二番窓口にお越しください」

それは、僕がこの仕事にも慣れてきてなんとかやっていけるかもしれないと思い始めたころだった。

「よろしくお願いします」

そう小さな声で言って僕の対面に座った若い女性。

う、これは……

「そ、それでは工藤(くどう)さん。申請希望の内容を確認しますね」

書類に記載された内容に目を通す。

「はい……」

工藤かすみ　二十九歳
要介護の祖母と二人暮らし
車なし
その他資産もなし
今まで工藤さんが仕事をしつつ自宅介護をしていたが、病気のため長期入院を余儀なくされ介護が困難

他に身寄りはなく、資金面でも、子宮全摘出という手術を受ける工藤さんのその後のメンタル面を考えても、すぐに受理できるケースだった。

「う……」

僕は口元を手で押さえ吐き気を堪えた。

「どうかされましたか？」

工藤さんが心配そうな顔をした。

「……いえ」

「新人、代われ」

「え」

休憩時間のはずの三上さんが突然現れて、僕に無理矢理席を替わらせた。

＊

終業後、僕は屋上に呼び出された。

「お前、仕事なめてんのか」

「いえ、そんなことは！」

「感情移入するなと言ったよな」

「はい……」

下を向き、拳を握りしめた。

三上さんにはどうせ分からない。

僕は今日、工藤さんのあまりの想いの強さに気圧(けお)されたのだ。

「明日工藤さんの家に家庭訪問に行く。お前もついてこい」

——このとき、三上さんは西日を背にしていたから、どんな顔をしていたのか、僕には見えなかった。

＊

カン……カン……

露出部分がほとんど錆びて、いつ崩壊してもおかしくないような階段を恐々(こわごわ)上がる。

カンカンカンカンッ。

僕の前を行く三上さんは何も気にしてない様子でどんどん先へ行ってしまい、踊り場を曲がったところで姿が見えなくなってしまった。

「新人！　トロトロしてんじゃねぇ。さっさと来いよ」

僕を呼ぶ声だけが頭上から響いてくる。

「は、はい！」

そうは言っても、相当古い鉄筋アパートの外付け階段は、高所が苦手な僕にとって恐怖以外の何物でもなく、なかなか進むスピードを上げられない。

工藤さん宅はよりによって最上階で、辿り着いたころには息も絶え絶えだった。

僕は呼吸を整えると、『工藤』と手書きされた表札を確認して、インターホンを押した。

ビーッという音が室内から響いた刹那、隣にいる三上さんが言った。

「心を閉じておけ。飲まれるぞ」

「え？」

ガチャッ。

その言葉の真意を確かめる前にドアは開かれた。

「こんにちは。老者委託課の三上です」

三上さんが笑顔で対応する。

「今日はわざわざお越しいただいて、すみません。狭いところですが、どうぞ」

工藤さんに勧められ、僕たちは部屋へ入った。


そこは八畳ほどのワンルームで、その狭いスペースを大きな介護ベッドが占領していた。

若い女性がいるというのに無駄な装飾品や雑貨などは一切なく、部屋の隅に置かれたポールハンガーに服が三、四着掛けられている他はほとんど病室と変わらないような質素さだった。

「本当に、こんな汚いところでお恥ずかしいです。祖母はご覧のとおり今は眠っているのですが、起きれば多少話せます」

工藤さんは小さなコーヒーテーブルの上にお茶を出しながら、申し訳なさそうにした。

う。

閉じろ。

閉じろ……

三上さんの言ったとおり、この部屋には工藤さんの強い想いが溢れていて、油断するとすぐに飲み込まれそうだった。

罪悪感

自分に対する嫌悪

悲しみ

恐怖

そして、お祖母(ばあ)さんに対する愛情

この人は、本当はずっと二人で暮らしたいんだ。

自分がどんなに大変でも。

「情けないです……私が病気になったばっかりに、お祖母ちゃんをあんな所にやらなければならないなんてっ」

工藤さんがそう言ってポロリと涙を零したときだ。

ブワッ。

今までにないほど強い想いが洪水のように押し寄せて、一瞬で僕を飲み込んだ。

そのときの僕はまるで、濁流に飲み込まれてどうすることもできない無力な小枝だった。

そして、工藤さん自身だった。

私が、捨てるの？
お祖母ちゃんを
嫌だ
かわいそう
一緒にいたい
ヘブンなんて
私のせいでっ！

「――おいっ、おい！」

『新人、深呼吸しろ
静かに、心を閉じろ
お前は工藤さんじゃない
いいか、心を閉じろ――』

み、かみ、さん……？

＊

目を開けると、僕は玄関のすぐ脇に横たえられていて、腹に小さなブランケットを掛けられていた。

しばらく気を失っていたようだ。

まだ体が上手（うま）く動かなくて、目だけが声のするほうを追った。

先ほどは取り乱した様子だった工藤さんもすでに落ち着いていて、それでもまだ涙を拭っていた。

「ヘブンは、あなた方にとって墓場ではないし、地獄でもない。あなた方を救うためにある施設です。面会だってできますし、もし、あなたにそのつもりがあるなら、前例はありませんが退院して環境を整えたあと、またお祖母さんを迎えにいくことだって不可能ではありません。そのときは、私たちが力になります」

「ずっ……はい」

「あなたは、何も悪くない。今まで十分頑張ってきたのでしょう？　自分をあまり責めないでください」

「う、……はい……」

「……そうだよ。あんたはちょっと、頑張り過ぎだもの。ちゃんと、自分の体のことも考えなさい」

いつの間に目覚めていたのか、お祖母さんも一緒になって工藤さんを慰めていた。

「うん……うん。お祖母ちゃん、ありがとう……」

先ほど入り込んできた想いの残りがそうさせたのか。

気がつくと涙が溢れていて、僕はしばらくそれを止めることができなかった。

そうして、工藤さんたちは無事に、というのか。

ヘブンへの入所を決めたのだ。

＊

僕と三上さんは市役所の屋上にいた。

僕は先日の一件以来、自分の不甲斐なさと情けなさとで借りてきた猫状態だった。

フェンスにもたれながら三上さんは煙草をふかしている。

「新人」

「……はい」

「お前は少し心を閉じる訓練をしろ。能力の使い方が下手くそ過ぎる」

「……え？　の、能力って、三上さん、もしかして……」

「俺は、普段から閉じてる。お前も俺のは読めねぇだろ？　相談者との面談のときだってそうだ。それにしてもお前の思考はだだ漏れ過ぎるし、相手の思考にも無防備過ぎる」

絶句だった。

まさか、同じ能力を持った人間がこんな近くにいたなんて。

「まぁ、今回お前は先輩が事前に忠告したにもかかわらず、簡単に飲み込まれて訪問先でぶっ倒れるという、最高に間抜けな失態を犯したわけだが……」

「ちょ、三上さん酷っ……」

全部事実だけれど！

「だけど、それが全部悪いってわけじゃねぇ」

「？」

「なぁ、新人。ヘブンってのは、誰にとっての天国なんだ？　まんまと俺らを出し抜いて、介護を免れた奴らか？　それとも国か？」

今日は携帯灰皿を持っていなかったのか、三上さんはコーヒーの空き缶に煙草を放った。

「ちげぇだろ？　ヘブンは、本当に助けを必要としている人たちの、救いの場でなけりゃ意味がないだろ？」

「……はい」

「お前の読心能力と他人の影響を受けやすい性質は、諸刃（もろは）の剣（つるぎ）だ。下手すりゃ、お前が先に潰される。救いたければ、見極めたければ、鍛えろ。それが俺たちの仕事に繋がる」

「……あの、三上さんは、いつから僕のことを知っていたんですか？」

「この役所も広いからな。半年前の建て替え搬入でバタバタしてたときに、資料を探してこども課に寄った」

「そのとき、読んだんですか？」

「いや、普段から俺は閉じてるって言っただろ。お前はそのとき、受付時間外だった電話に長々と捕まってた」

「はあ……」

「子育て相談だったんだろうけど、お前は忙しい周りを尻目にずっと話を聞いていた。それが、理由かな」

「い、意味が分からないです……」

「能力は後付けだ。しかも今のところお前のそれはクソの役にも立たねぇじゃねーか」

「う」

そのとおり過ぎて、何も言い返せない。

「俺はな、世間でどう言われようと老者委託は、ヘブンは、必要な政策だって思ってる」

『うばすてなんて言い方が気に入らねぇ』

「工藤さんがそうだったように、本当に家族を想っている人たちは制度を使うことを躊躇(ためら)い、楽をしたい奴らばかりが群がる」

『まずは、その意識を改めさせなきゃならない』

「俺たちに何ができる？」

『救いたい。その気持ちだけで今までやってきた』

「お前には、このしんどい仕事を続ける覚悟はあるか」

『続けるつもりがあるのなら、まずは鍛えろ。宝の持ち腐れにせず、その能力を生かせ』

「ふっ」

「あん？」

「ははっ」

「てめぇ、人が珍しく真面目にしゃべってるっつーのに、何笑ってやがる」

「はは、三上さん。気持ちが高ぶっているのか、心の声がだだ漏れですよ」

「！　あちっ」

三上さんは何を焦ったのか、火をつけたばかりの二本目を取り落とした。

「案外、熱い人なんですね。三上さん」

「うるせーよ！　おらっ、休憩時間終わんぞ、新人！」

急な速足で屋上を去ろうとする三上さんを僕は急いで追う。

「あの、三上さん。その新人って呼び方いいかげん止めてもらえませんか？」

「ふん！　一人前にやれるようになるまでは新人で十分だ、どアホ！　ほら、行くぞ」

「はい、先輩」

西日を受けているからか、否か。

僕には三上さんの耳が赤くなっているように見えた。

すでに心はガッチリ閉じられていて、本当のところを読むことはできなかったけれど。

＊

ピンポーン。

建て替えられたばかりの比較的大きな市役所。

大勢の人で賑わう中、呼び出しのベルが鳴った。
場所は、各課の中の一番奥の奥。
どうぞ一度ご相談にお越しください。
ここは、本当に困っているご家族を救う課です。
老者委託課。
通称うばすて課。
僕の職場だ。
「三十五番の札をお持ちの方、二番窓口にお越しください」
さぁ、今日も一日が始まる。

ぼくが欲しかったもの。

遠坂カナレ

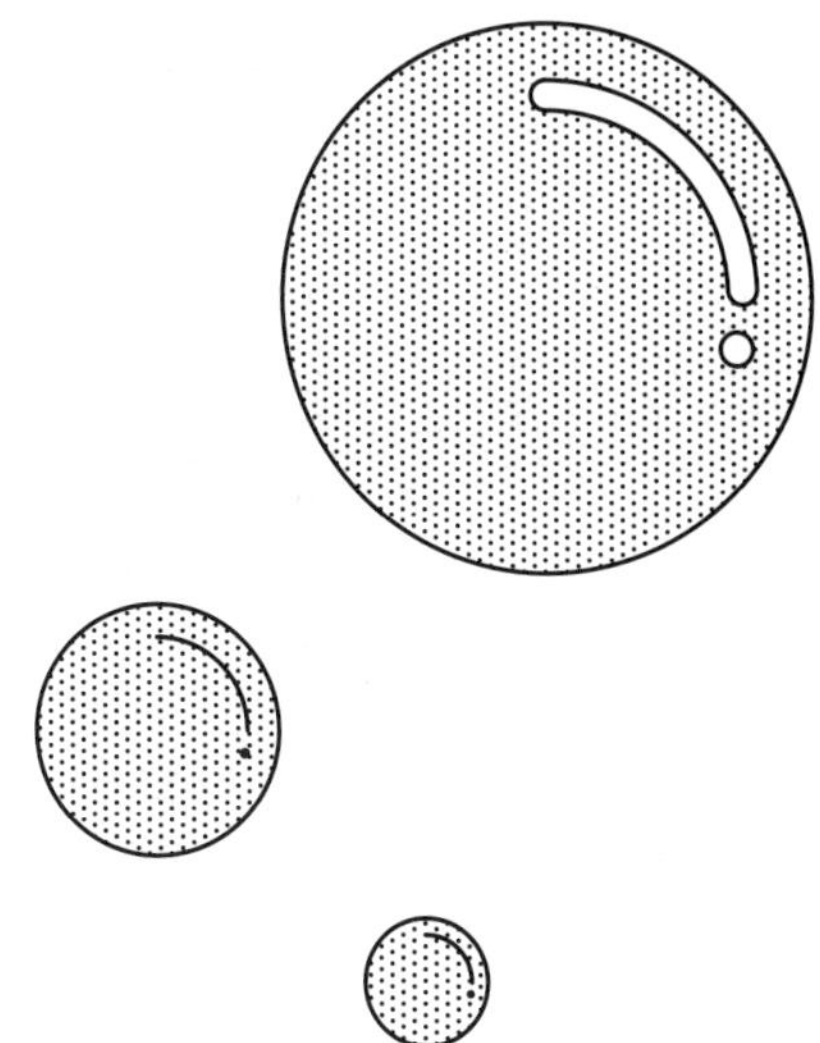

幼いころから、ずっと家の中に独りぼっちだった。

両親は常に忙しく、家族でどこかに出かけた記憶もない。

だから、いつだって優しい声で「おかえり」って出迎えてもらえる、そんな暮らしを送りたいと思った。

専業主婦の奥さんとの間に子どもを授かって、温かな家庭を作る。

そのことだけを夢見て、ぼくは生きてきた。

「こういうことはね、結婚前にきちんとしておくべきなのよ」

母の苦言に、にわかに眉を顰(ひそ)める。

社会人になって三年目の夏。上司に勧められたお見合いの席で、運よく良縁に恵まれた。専業主婦を希望する彼女との間で話はとんとん拍子に進み、冬には式を挙げることになった。

「今は昔と違って、結婚前にブライダルチェックをするのが常識なのよ」

頑なに主張する母を疎ましく思いながらも、根負けして検査を受けることを決めた。彼女だけに受けさせるのは失礼に当たる。そう思い、自分も一緒に受診した。

軽い気持ちで受けた検査だったけれど、『問題ありませんよ』と言われた彼女が心底ホッとした顔をするのを見たとき、無性に愛しさが込み上げてきた。

彼女とともに温かな家庭を作れるのだと思うと、嬉しくてたまらなかった。

だから、その次の瞬間言われた言葉に、ぼくはしばらくの間、何の反応も示すことができなかった。

『非閉塞性無精子症』

生まれて初めて聞くその言葉が、彼女との婚約を一瞬にして白紙に戻してしまった。

あれから一週間。睡眠不足が続き、仕事でミスを連発し続けた。

これ以上、周囲に迷惑をかけるわけにはいかない。就職以来初めて、ぼくは有給休暇を取った。

休みを取ったものの、することなんか何もない。今までのぼくの人生は、『温かな家庭』を手に入れるためだけに存在していたのだ。

高校入試も、大学入試も、公務員試験も。そのためだけに、ひたすら頑張り続けてきた。

それなのに——。

母に気遣われるのがいたたまれなくて、とりあえず家の外に出てみた。出たところで、行く場所なんてない。気づけば出勤時と同じように最寄り駅に向かっていた。

通勤時にはシャッターの下りている商店街が、どの店も営業をしている。八百屋に花屋、肉屋にパン屋、なんだか少し新鮮だ。

クリーニング屋の脇に、小さな煙草屋がある。ぼくが子どものころから、ずっとやっている店だ。

「煙草なんて、吸おうと思ったこともないけどな」

良い父親になるには、いつかやめなくてはならない日が来る。それなら最初から吸わないほうがいいと、ずっとそう思っていた。

もう、そんなふうに思う必要もないのだ。そう気づいたら、自然と足がその店に向かった。

父が吸っているのと同じ銘柄の煙草とライターを買って、パッケージから一本取りだして咥えてみる。

火のつけ方が分からずしばらく苦戦して、ようやくついたと思ったら、思いっきりむせた。

「っ――」

苦しさに涙目になりながら、煙草を店の前の灰皿に押しつける。

慣れないことはするもんじゃない。そう思い、残りの煙草をスーパーの隣の公園で眠るホームレスの足元にそっと置いた。

ふたたび駅へと向かう道を歩く。家を出て三つ目の信号で、いつも引っかかる。今日も同じように引っかかって、『あの店』から香ばしい匂いが漂ってきた。

自家焙煎の看板を掲げた、小さな珈琲店。喫茶店でもカフェでもない、少し入りづらそうな店構えの店だ。

いつも少しだけ気になって、けれども立ち寄る余裕なんてなかった。

誰よりも早く結婚したかったし、子どもを持ちたかった。マイホームの頭金を作るため、できる限り無駄なお金は使いたくなかったのだ。

「高いんだろうな」

コンビニのペットボトルのお茶すら買うのを躊躇(ためら)い、水筒にお茶を詰めて持ち歩くぼくには、一杯の珈琲に何百円もかける人の気持ちが正直よく分からない。

よく分からない、けれど……。たぶん、ずっと気になっていたのだ。そんな対価を支払ってもいいと思えるほど美味しい飲み物が世の中にはあるのだろうかと。

香りにつられるように、その店の引き戸を開ける。

珍しい造りの店だ。古い民家を改築したのだろう。すりガラスに覆われた引き戸の先に、カウンター席だけの小さな店が広がっている。

「いらっしゃい」

小さく流れるジャズピアノの音色。カウンターの中の店主がしわがれた声で言う。白髪頭に無精ひげを蓄えた六十代半ばと思(おぼ)しき男性だ。着古したダンガリーシャツに、ゆったりとしたシルエットのペインターパンツ。老眼鏡だろうか、セルフレームの眼鏡をずらし気味にかけている。

店内には、他に誰もお客さんがいなかった。モーニングには少し遅いし、ランチにはまだ早い。中途半端な時間のせいだろう。

「良い香りですね」

店内を満たす、深みのある珈琲の薫り。店の外で香ったとき以上に、こっくりした甘さを感じる。

「珈琲が好きかい」

「いいえ、ゆっくり味わう暇もなくて。いつか余裕ができたら、嗜みたいと思っていました」

どんなものを飲んだらいいのか分からないのだと、ぼくは正直に告げた。

「いくつか淹れてあげよう。飲み比べてみるといい」

店主はそう言って、わざわざ三種類の豆を挽き、一杯ずつ丁寧にドリップしてくれた。

彼の淹れてくれた珈琲は、とても柔らかな香りがした。

どう表現したらいいのだろう。今までに嗅いだことのない香りだ。香ばしくて、滑らかで、包み込むような優しさに溢れている。

ネルの中で、ハンバーグのようにまぁるく膨らむ珈琲粉。琥珀色の澄んだ珈琲液が落とされるさまは、まるで手品でも眺めているようで胸が躍る。

「珈琲って、こんなふうに淹れるんですね」

「ああ、ネルは手入れが面倒だし、最近は減ってきているみたいだがね」

ペーパーフィルターやプレスで淹れるより、まろやかな味わいに仕上がるのだという。

「注文が入るたびに、毎回豆を挽くんですか」

「挽いたそばから劣化しちまうからね。その都度挽いたほうが、香りも味もずっといいんだ。胡椒だってそうだろう。瓶詰のパウダーより、自分でガリガリやる粗挽きのホールタイプのほうが、ずっと旨い」

カウンターの上の胡椒ミルを指さし、店主は言った。

費用対効果とか、お客さんが重なったときはどうするのかとか、こういった店でそういうことを口にするのは野暮なことなのだろう。

「いただきます」

カップに少しずつ淹れられた珈琲。深々と頭を下げ、そのうちのひとつを口に運ぶ。

ひとつめのカップは、驚くほどさらっとした味がした。

「ん……」

珈琲といえば、苦くてどっしりとした味わいのものだと思っていた。そんなぼくの予想を裏切る軽やかな味だ。すっきりしていて、爽やかささえ感じさせる。

「珈琲豆ってのは、もともとは『果実の種』だからね。フルーティな味わいのものもあるんだよ」

豆の種類や精製方法、焙煎の加減、淹れ方によって、さまざまな味わいが生まれるのだという。

「飲みやすくて、とても美味しいです」

語彙（ごい）の少なさが申し訳ないが、正直に思ったとおりの言葉を告げた。

「他のも飲んでごらん」

促され、今度は真ん中のカップを手にする。とろんとした琥珀色の液体は、先ほどのものより芳醇（ほうじゅん）な香りを漂わせている。一口含むと、マイルドな優しさが口一杯に広がった。

「これは……」

チョコレート。そうだ。チョコレートを食べたときのような、とろりとした舌触りだ。どっしりとした味わいに、かすかな甘みを感じさせる。

「チョコみたい、ですね」

健康に良いといって母が買ってきた、高カカオチョコレートの味わいに似ている。

「後味がね、似ているよ。舌の上に甘みがかすかに残る感じで」

珈琲のプロも、『チョコレートのような』とか、『ワインのような』とか、味や香りを既存の食品になぞらえて表現することがあるそうだ。

「どっしりとしていて、チョコレートよりずっとあとに残るだろう」

彼の言うとおり、飲み終えたあとも、その後味はなかなか消えることがない。さっきのフレッシュな珈琲と、同じ飲み物とは思えないほど違いがあるように感じられた。

「最後のこれは……」

色味からして、少し濃い焦げ茶色をしている。とろんと濃厚なそれは、かすかな苦みと強い酸味を感じさせる、三つの中で一番大人っぽい味のする珈琲だった。

ぼくが思い描いていた珈琲の味に、とても近い。

ずしりと来るのに、その苦みや酸味が、けっして嫌な感じではなく、じわりと胸に沁み込むような絶妙な重さだ。

一口飲み終えたあと、しばらくその余韻を楽しむと、また飲みたいと感じる。苦みがあると分かっているのに、それでも求めずにはいられないのだ。

「それが一番気に入ったようだね」

まだなにも言っていないのに。店主はぼくを見て、やんわりと穏やかな笑みを浮かべた。

「そう……ですね。どれも美味しいですが、今のぼくには、これですね」ほろ苦くて、重くて、それなのに飲まずにはいられないなんて。なんだかとても、不思議な感じだ。

あっという間に空っぽになったカップに、ふたたび珈琲が注がれる。

「気に入ってもらえてよかったよ」

彼はそう言うと、残りのふたつのサーバーをカウンターから下ろした。

「あの、残りは……」

「ああ、気にする必要はない。珈琲ゼリーにするからね」

ドリップした珈琲で作ったゼリーが、お店の看板メニューなのだという。

「このお店、おひとりでされているのですか？」

店の外には『ランチ』という紙が貼られていた。たったひとりで店を切り盛りしているのだろうか。

「ああ、ひとりもんだからね。バイトを雇うほど潤っちゃいないし。――私が死んだら、終いだ」

「す、すみませんっ……」

余計なことを言ってしまった。慌てて頭を下げたぼくに、彼は穏やかな笑みを向ける。

「悪いなんて思う必要はないよ。自ら望んで、そういう生き方をしてきた。それを、不幸だと思ったことは一度もないんだ」

「一度も、ご結婚されたことがないんですか？」

恐る恐る尋ねると、彼は何でもないことのようにうなずいた。

「ないよ」

「寂しく、ないですか？」

思わずそうつぶやいたぼくに、彼は静かな声音でいう。

「どんな生き方をしたって、最後はひとりだよ。ゲームとは違う。たくさん子どもを作ったから安心とか、たくさんお金を集めたから幸せとか、そんな単純なもんでもないだろう」

子ども。

今、いちばん耳にしたくない言葉だ。

涙腺が緩んでしまいそうになって、ギュッと唇を噛みしめる。カップを握りしめてうつむいたそのとき、引き戸を開く音が響いた。

「いっやー、もう最悪。マスターの珈琲飲まなくちゃ、やってらんないよ」

短く整えられた髪、浅黒く焼けた肌。いかにも営業職ふうの背広姿の男が入ってくる。

ぼくと同い歳くらいだろうか。慣れた様子でカウンターの一角を陣取ると、「おひやちょうだい」と店主に催促する。

「はいよ」

手渡された水を一気に飲み干すと、ぐったりと彼はカウンターに倒れ込んだ。

「何にする」

「マスターの淹れたもんなら、何だっていいよ」

何か嫌なことでもあったのだろうか。不機嫌そうな顔をした彼は、愚痴を零(こぼ)すでもなく、店主が豆を挽き、珈琲をドリップする様子をじっと眺めている。

「俺さぁ、この、珈琲が膨らむとこ見ると、すっごく幸せな気分になるんだよね。嫌なこと、全部吹っ飛ぶっていうかさ」

誰にともなくつぶやく彼の声に、軽やかなピアノの旋律が重なった。珈琲のふくよかな香りが店内を満たしてゆく。

「はいよ」

「サンキュ」

差し出されたカップを手にし、口に運ぶと、彼の眉間からみるみる皺が消えてゆく。

「はぁ……」

満足げなため息を漏らすと、彼はようやくぼくの存在に気づいたかのように、突然話しかけてきた。

「何、お兄さんもサボり?」

同い歳くらいかと思っていたが、もしかしたら少し歳下かもしれない。ニッと笑うその顔だちは、かすかにあどけなさを残している。

「え、ああ、有給です」

「いいねぇ、俺も有給、取ってみてぇわ」

彼はそう言うと、自動車メーカーのロゴが記された名刺を差し出してきた。

「営業のお仕事ですか——大変ですね」

ノルマとかあるのだろうか。ストレスの原因はそこにあるのかもしれない。

「まあ、でも好きで始めたことだしね」

にっこり微笑むと、彼は自分の所有している車について熱心に語り始める。

「お兄さんは、何乗ってんの」

「え、いや。車は……」

結婚して子どもができたら、ワンボックスカーを買うつもりだった。それまでは一円でも多く貯金をしようと、まだ一度も車を購入したことがない。無言のままうつむいたぼくに、彼は明るい声音で言った。

「欲しくなったらいつでも言って。いっぱいサービスするからさ。車のある生活ってやっぱりすごくいいよ。ほら、こうやって休みができたときでもさ、ぶらっと海行ったり、いろいろできるしさ」

「ひとりで海に行って、楽しいかな」

「楽しいよ。ま、この町にも海はあるけどさ、ちょっと足を伸ばして逗子方面とかね。夏場と違って134も空いてるし。海沿い走るだけで幸せな気持ちになれるよ」

海沿いの道をひとりでドライブする。

今までそんなこと考えたこともなかった。

「夏場はゴミゴミしてるだけでどうしようもないけど、冬に向けてだんだん綺麗になってくるんだ。帰りは富士山も見えるし、晴れた日なんかは特にお薦めだよ」

彼の言葉に、店主がぼそりとツッコミを入れる。

「勤務中に抜け出してんな」

「たまにだよ、たまに。そんくらい息抜きないと、やってらんないじゃん」

言い終わるや否や、カウンターの上に置かれた彼のスマートフォンが震え始める。くだけた口調から一転、席を立ち、彼はとても丁寧に応対した。

「んじゃ、マスター、ごちそうさん。騒がしくして悪かったね。お兄さんもごゆっくり」

通話を終えると、彼はさっきまでのストレスフルな顔立ちが嘘のように、にこやかな笑顔で去ってゆく。その姿を見送る店主の横顔が、なぜだか少し誇らしげに感じられた。

一杯の珈琲が、誰かを幸せにする。

ひとりのドライブが、幸せな気持ちを作る。

そんな小さな『幸せ』も世の中には存在するのだ。そんなことにすらぼくは今まで一度も気づけなかった。

「マスター、聞いてよ。町内会の会長さんがねぇ――」

ふたたび引き戸が開き、ご婦人方が連れだって入ってくる。彼女たちがカウンター席にずらりと並ぶと、マスターは注文を受ける前から透明なグラスに載った珈琲ゼリーを差し出した。

琥珀色の澄んだゼリーの上に、たっぷりと純白のミルクがかかっている。思わず見惚れていると、「兄さんも食べるかい」とマスターに声をかけられた。

「え、あ……っ、はい、お願いします」

ゼリーを頬張るたびに、彼女たちは満足げなため息を漏らす。

「これがなかったら、今ごろ、絶対に旦那と離婚してるわ」

「お姑さんに何言われても、ここに逃げ込んで来ればなんとか我慢できるのよねぇ」

口々に言いあい、うなずき合っている。

スプーンですくって口に運ぶと、つるんと口の中に入ってゆく。舌の上でとろけるほろ苦い珈琲の味わいと優しい甘さのミルク。絶妙に混じり合うそれは、たまらなく幸せな気持ちにしてくれた。

「美味しいですね、これ」

「でしょう？　ここの珈琲ゼリー、絶品なのよ！」

マスターよりも先に、ご婦人たちが誇らしげに胸をそらす。

日々の生活の中で味わう、ささやかな贅沢なのだという。どんなにささくれだった気持ちも、この店の珈琲ゼリーがあれば癒やされるのだと彼女たちは笑った。

「おお、今日は賑やかだね」

しわがれた声に振り返ると、パジャマ姿の老人が点滴スタンドを手に立っていた。近くの総合病院の入院患者なのだろう。手慣れた様子でカウンターに腰かけ、老眼鏡をかけてスポーツ新聞を広げる。

ふらっとひとりでやってきて、黙々と珈琲を飲んで帰る気難しそうな初老の男性。先刻の彼のように、外回りの仕事を抜けてきたと思しき会社員。

誰もが珈琲を飲み終え、店を出ていくときには和やかな顔になっている。

マスターに尋ねようと思っていた言葉。訊かなくても分かる気がした。

きっと彼は、家族がいなくても、ひとりきりでも、この店で皆に感謝されながら、幸せに暮らしている。

自分にも、そんな居場所を作ることができるのだろうか。

もし仮に、この先の長い人生を、ひとりきりで生きることになるとしても。幸せだと思える生き方をすることができるのだろうか。

きっと……できるんだろうな、と思う。

だってこんなふうに一杯の美味しい珈琲にさえ、満たされた気持ちになることができるのだ。

「ごちそうさまでした」

ランチ目当ての客で混み合い始めた店内。ぼくはゆっくりと立ち上がる。

「ああ、またいつでもおいで。珈琲の道は、はまり始めるととてつもなく深いよ」

一杯ぶんずつ豆を挽き、ネルドリップで丁寧に淹れられる珈琲。

心の底から珈琲を愛しているのだろう。マスターの横顔は、とても満ち足りているように見えた。

店を出てマナーモードにしてあったスマホを取り出すと、数えきれないくらいたくさんのショートメッセージと着信が残されていた。送り主はすべて母親だ。折りかえし電話をかけると、繋がったそばからヒステリックな声が響く。

「何か用だった？」

『何って、あなた、何度かけても電話に出ないからっ』

とても心配してくれていたようだ。もしかしたら、自殺でもするんじゃないかって思われていたのかもしれない。

「ごめん、珈琲店に行っていてさ。ほら、スーパーの近くにある。凄くおいしいんだ。よかったら今度、一緒に行こう」

受話器の向こう側の彼女が、泣き崩れる声が聞こえてきた。

ああ、そうだ。――ひとりじゃない。

少なくとも今の自分には、ちゃんと『家族』がいるのだ。

この先、増えることはないかもしれないけれど。それでも大切な家族がいる。

「あ、ごめん。父さんからキャッチだ。すぐにかけ直すよ。ちょっと待ってて」

父から電話がかかってくることなんて、今まで一度だってなかった。わざわざ昼休みに電話をかけてくるなんて、もしかしたら、何か大変なことがあったのかもしれない。そう思い通話ボタンを押すと、厳めしい父の声が聞こえてきた。

『さっきお前のパソコンにメールを送ったんだが、見たか?』

「ごめん。出先だからまだ見てないけど」

『きょうの朝刊にな、非閉塞性無精子症でも人工授精できる手法を確立した医療チームの記事が掲載されているんだ』

従前の方法では精子を採取できない患者の精巣から前期精子細胞を採取し、多数の着床を成功させているチームがあるのだという。

『その方法なら、お前も自分の子どもを持てる可能性があるかもしれない。それにな、今は「子どもを望まない者同士の婚活パーティ」だとか、「不妊治療を前提とした婚活パーティ」というのがあるらしくてな。負い目を感じることなく、パートナーを探すことができるらしいんだ』

わざわざそんなことを調べてくれたのだろうか。仕事で忙しく、それこそ普段は一週間以上、口をきかないことだってあるというのに……。

「――ありがとう」

堪えきれず、涙が溢れてきた。

こんなにも大切に思われていることにさえ、今まで気づくことができなかった。ぼくはいったい、何をそんなに頑なになっていたんだろう。

珈琲のおいしさとか、家族の想いとか、何にも気づけないまま、ひたすら前だけを向いて走ってきた。

今からでも間に合うのだろうか。

日々の暮らしの中にある、小さな幸せや、周囲の優しさ。それらを掬い上げながら、生きてゆくことができるだろうか……。

——できるんだろうな、と思う。

まだ人生の折り返し地点にも、たぶん、立ってない。今ならきっと、まだ間に合うはずだ。

「あのさ」

『ん』

「車買おうと思って」

唐突なぼくの言葉に、父さんは無言のままだ。

そうだろう。だって、あまりにも突飛過ぎる。何よりも論理性を重視する父さんには、きっと理解不能な飛躍だ。

「来年は父さんも定年だろ。ずっと忙しそうだったし、旅行とか全然行けなかったし。おっきい車買うから、どこか、みんなでゆっくり温泉でも行こう」

子どものころ、できなかったこと。結婚して子どもができたら、しようと思っていたけれど。だけど今、それをすることだってできるのだ。

新しい家族を作る前でも、父さんや母さんを、どこかに連れていってあげることはできる。

与えてもらうことしか考えていなかった。

してもらえなかったこと、できなかったことばかり数えていた。

そんな自分が、なんだか無性に恥ずかしくなる。

『──ああ、いいな。行こう、母さんも喜ぶよ』

電話の向こう側。いつもどおりのぶっきらぼうな声で、父さんは言った。

「あ、そうだ。母さんと電話してたんだった」

『早くかけ直してやりなさい』

「うん」

父に促され、電話を切る。母親と電話が繋がったとたん、ふたたびヒステリックな叫び声が耳をつんざいた。

口の中には、かすかにまだ、あの店の珈琲の優しい後味が残っている。普段は疎ましく思うその叫び声さえも、なぜだかとても愛おしく感じられた。

隣の家のホームレス

蓮丸

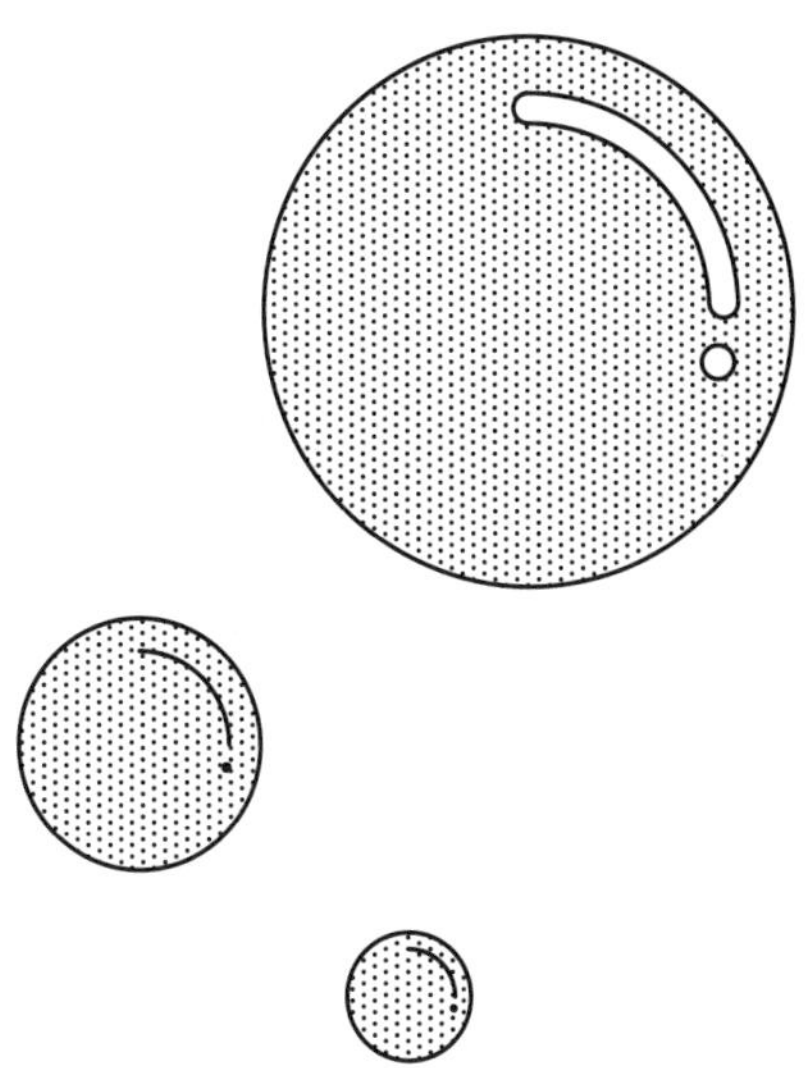

「遊びに行ってくるね！」

そう言って家を飛び出そうとする僕に、台所からお母さんの怒鳴り声。

「宿題は？」

帰ったらやるからと言うと、不満そうではあったけど、最後には笑って行ってらっしゃいって言って、帽子を被せてくれた。


前のお母さんだったら、絶対にありえない。


外に出ると、むわっとした暑さ。

自転車のロックを外してると、それだけでもう汗ばんできた。

クリスマスにお父さんが買ってくれたサッカーボールをカゴに入れて、自転車をこぎ出す。

隣の建築中のアパートが視界に入った。

いつもなら見ないようにしてるのに。

僕は、アパートが完成に近づくのを見るたびに、寂しい気持ちになる。

もう帰って来ないいんだと実感してしまうから。

僕の大好きな隣の家のホームレスが。


僕の住んでる家は都内から電車で一時間ほど。

ベッドタウンって言うんだっけ。

僕が小学校に入るのに合わせて引っ越してきた。

そのころはまだ建築中の家も多くて、家と家の間に空き地もあったりした。

ほとんどが皆、初めましてだったけど。

それが逆によかったのか、近所の子どもたちは皆すぐに仲よくなった。

お父さんは、通勤は大変になるけど、これからはもっと仕事を頑張らないとなって笑ってた。

お母さんも、新しい台所でもっとお料理頑張っちゃうって笑ってた。

ご近所の中でも、僕の家は大きいほうではなかったけど、僕の部屋もあって嬉しかった。

ここに来てしばらくは、本当に皆にこにこして楽しかったんだ。

でもそれも、ずっとは続かなかった。

お父さんが頑張って課長ってのになると、仕事が凄く忙しくなった。

前住んでたアパートより会社が遠くなったから、帰ってこない日も増えた。

お母さんは、周りを凄く気にするようになった。どこどこの旦那は同じ歳なのにもう部長だとか、誰々さんとこの子は習い事もたくさんしてるのに、勉強もできるとか。

お父さんとお母さんが喧嘩をすることが、凄く多くなっていったんだ。

そんなとき、僕は部屋に行ってベッドで頭まで布団を被った。

最初は嬉しかった自分の部屋。なくてもいいから、前のアパートに帰りたいと思った。

お父さんとお母さんが仲よくしてた、家族の距離が近かったあの家に。

四年生の夏、隣の空き地に青いビニールの小屋が建った。

そのころには、もうそこ以外に空き地はなかったし、僕の家の隣の空き地は凄く目立つようになっていた。

そこは僕たち子どもにとっては、お気に入りになっていたんだ。

うちの家を三軒並べても、まだ余裕があるくらいの広さ。

そこだけがぽっかりと空き地になってるままだったから、どれだけ大きな家が建つのかって皆噂してた。

最初のころはサッカーしたり、キャッチボールしたりしてると大人に怒られた。

でも、いつまで経っても誰も引っ越してこない空き地のまま。

いつの間にか、そこで遊んでても怒られなくなっていた。

だから、ビニールの小屋ができたときは凄く嫌だった。

大人たちは、やっと家が建つのか、どんな金持ちが越してくるのかって、楽しそうに話してたけど。

でも、空き地の真ん中、奥のほうに小屋が建ってから、しばらく経っても工事は始まらなくて。

またいつの間にか僕たちは、大人に叱られながらもそこで遊ぶようになっていた。

その日も空き地で遊んでいた。

一人のおじさんが小屋の中から出てきたんだ。

僕たちは怒られると思って、慌てて謝った。

でも、おじさんはにこにこ笑って、これからも気にしないで遊んでいいって言ってくれたんだ。

それが凄く嬉しくて、僕たちはおじさんとすぐに仲よくなった。

誰が決めたわけでもないけど、おじさんに挨拶してから遊ぶようになった。

雨で遊べないときは、中にも入れてくれた。

僕の部屋二つくらいの広さだけど、中には台所もあったし、テレビや冷蔵庫もあった。ボックスみたいな不思議な形のシャワールームまであったんだ。

おじさんは、お菓子をくれたり紅茶を淹れたりしてくれた。

他の大人と違って、楽しそうに僕たちの話を聞いてくれる。

僕たちはおじさんが大好きだった。

でも、ある日お母さんに凄い勢いで怒られた。もう二度と隣の空き地に行くんじゃないって。
他の子どもたちも、皆同じだったみたい。
僕の家の隣の空き地には、ホームレスが住み着いたって噂になっていたんだ。
ホームレスって言葉に、大人たちは敏感に反応して、嫌そうな顔をする。
でも、僕たちはそう思えなかった。
だって、おじさんはいつも綺麗なかっこをしてるんだ。
お父さんが会社に着ていくスーツより、シワのないズボン。
真っ白なシャツ。
子どもの僕ですら、カッコいいなって思うようなお洒落な服。
休みの日のお父さんより、よっぽどちゃんとしてる。
それに、小屋の中にあるテレビは僕の家のテレビより大きかった。

おじさんに聞いてみたことがある。
おじさんて、本当にホームレスなの？　って。
おじさんは、最初笑って少し寂しそうな顔をして、ホームレスだよ、今はね、って
答えた。

そのときは、僕はまだよく解らなかったんだ。小屋だけど、ここが家じゃないの？　って。

そう思ってたから。


何度叱られても、僕たちはおじさんに会いにいくのを止めなかった。

大人たちは、僕たちのためによくないって勝手に決めつけて、おじさんを追い出すことにしたんだ。

交番から、警察官のお兄さんを連れてきて、おじさんに出ていくように注意させた。

「こんな所に住み着いちゃ駄目だよ。この空き地はまだ家も建っていないけど、所有者に見つかったら大変だよ。君たちもお母さんたちが心配してるから帰りなさい」

警察官のお兄さんは、僕たちにもおじさんにも優しい言い方をしてくれた。

おじさんは、お父さんが仕事に持っていくような鞄から、書類みたいなのを出して警察官のお兄さんに渡して見せた。

それから黒いお財布から免許証を出して、渡した。

おじさんの鞄もお財布も、お父さんのよりずっとピカピカだった。

「それならご心配なく。土地の所有者は間違いなく私ですよ」

これには警察官のお兄さんも驚いて、何度も何度も書類と免許証を見返してた。

あとでおじさんが言ってた。

権利書を持って来ててよかったって。

子どもの僕たちでも、ここがおじさんの土地だってことは解ったけど、それなら何で家を建てないのって聞いてみた。

この家がよかったんだよって、おじさんは笑ってた。


土地の所有者だったって、警察官のお兄さんが大人たちに説明したら、もう大丈夫だと思ってたんだ。

でも、そうじゃなかった。

自治会の偉そうな太ったおじさんや、真っ赤なフレームの眼鏡をかけたお化粧の濃いおばさんが、おじさんの所に文句を言いにくるようになった。

子どもたちに悪影響だとか、町の外観を損ねているだとか、いろんなことを言いにきた。

だけど、おじさんは全然平気そうだった。

難しい言葉で言い返すと、太ったおじさんも眼鏡のおばさんも、何も言えなくなってプリプリ怒って帰るんだ。


おじさんはいろんなことを教えてくれた。

竹トンボやゴム鉄砲、遠くまで飛ぶ紙飛行機の作り方。

おじさんが子どものころの遊び。

テレビゲームなんかとは全然違ったけど、おじさんが教えてくれた遊びはどれも楽しかった。

勉強も教えてくれたりしたんだ。

苦手な算数も、イライラしたり急かしたりしないで説明してくれる。

おじさんは僕たちのヒーローで先生で友達だった。


だけど、吐く息が白くなったころだった。

おじさんの小屋に、黒いスーツを着てサングラスをかけた大きなおじさんたちが来るようになった。

そいつらが来ると、おじさんは外で遊んでおいでと僕たちを小屋から出すんだ。

いかにも悪者みたいな奴らとおじさんが一緒にいるのが心配で、そんなとき僕らは小屋の外から聞き耳を立てた。

だけど、聞こえてくる言葉は日本語じゃなくて、僕らには全然解らなかった。

ただ、怒鳴ったりすることもなかったし、暴れたりする音も聞こえなかったから、僕らは大人しく外から見守ってた。

もしおじさんが何かされたら助けに入ろうって、僕たちはバットやラケットを持って、いつでも戦える準備だけはしていたんだ。


寒さが厳しくなるほど、スーツのおじさんたちが来る回数が増えていった。

おじさんに、困ってるなら僕たちが助けてあげるって言ったけど、おじさんは笑って大丈夫だよって言うだけだった。

そんなときのおじさんは、本当に嬉しそうに笑ってくれるから、僕たちもなんだか嬉しかったんだ。

スーツのおじさんたちが来る回数が多くなると、大人たちはもっと嫌な顔をするようになった。

何か犯罪に絡んでるんじゃないかとか、きっと借金とりだとか、言いたい放題だった。

自治会の太ったおじさんや、赤い眼鏡のおばさんだけじゃなく、僕たちのお母さんたちもおじさんを追い出そうって言い出した。

お母さんは、仕事から帰ってきたお父さんに、おじさんの話をした。立ち退きの署名運動がどうとか、そんな話をしてた。

ちゃんと聞いてるの？　って、お母さんがイライラしながらお父さんに言ったのが始まりだった。

お父さんは仕事から帰って疲れてるんだってお母さんに怒鳴り返した。

お母さんは真っ赤な顔をして、泣きながら負けじと怒鳴り返した。

あなたはいつもそう！　家のことなんか放ったらかしで仕事仕事って……。

僕は慌てて部屋に逃げ込んだ。

いつものように布団を被ったけど、その日の喧嘩はいつもより酷かった。

布団を被っても聞こえてくる怒鳴り声。たまに何かがしゃんって大きな音も聞こえてきた。

二人の怒鳴り合う言葉の中に、離婚って言葉が聞こえて、どうしていいか解らなくて、怖くて、もう聞きたくなくて、静かに家を出た。

玄関の前で、パジャマのまま体育座りをして、声を出さないで泣いてると、おじさんが僕に気づいて小屋に入れてくれた。

そんなかっこで寒かっただろって、牛乳を温かくして、砂糖を入れて飲ませてくれた。

僕は、おじさんにしがみついてたくさん泣いてしまった。

おじさんは、僕が落ち着くまで、ずっと背中を撫でてくれてた。


少し落ち着いてから、おじさんは僕の話を聞いてくれた。

そのとき、初めておじさんが自分のことを話してくれたんだ。

おじさんには奥さんと女の子がいて、家族のためにって、僕のお父さんみたいにたくさん仕事を頑張ってたんだって。

頑張って頑張って、社長さんになったんだって。

でも、仕事を頑張ってるうちに、奥さんと女の子と一緒にいる時間が少なくなって、とうとう二人に嫌われちゃったんだって。

奥さんと女の子がいなくなって、やっと大切なことに気づいたって、凄く寂しそうに言ってた。

何のために自分が頑張ってるのか、頑張ってるうちに忘れちゃってたんだって。

いつもろくに帰らなかったくせに、帰って家に二人がいないことが悲しかったって。

大きな川の橋の真ん中で、もう死んじゃおうかって考えてたんだって。

僕が顔を青くしてたら、その川の河川敷に住んでたホームレスのおじさんが止めてくれたんだよって笑ってた。

そのあと、おじさんの話を聞いてくれたホームレスのおじさんに、お礼がしたい、社長だからどんなことでもいいって言ったけど、断られたんだって。

家も金もあるようだけど、あんたは俺らと同じホームレスだから、仲間からお礼なんて受け取らねぇって。

おじさんはその意味が知りたくて、ホームレスのおじさんたちと同じ生活をしようと思ったらしいよ。

でも、おじさんは社長さんだから、会社の部下にバレて止められちゃったらしい。

それでもおじさんが諦めないから、期限付きで自分の土地でって約束をして、ここに来たんだって。

黒いスーツのおじさんたちは、おじさんのＳＰってやつだって言ってた。

SPが何かは解らなかったけど、悪者じゃないのは解った。

SPたちは、会社の部下からそろそろ連れ戻せって言われて迎えにきてたんだって。

でも、おじさんは社長さんで一番偉いから、無理矢理連れてなんて帰れなくて、説得しにきてたって。


僕はおじさんに、ホームレスじゃなかったんだねって言った。

そしたら、おじさんはやっぱりホームレスだよって寂しそうに笑うんだ。

あのときおじさんを助けてくれたホームレスが言ってたとおりだったって。

おじさんと話してるうちに、泣き疲れた僕はいつの間にか寝ちゃったんだ。


いっぱい泣いたし、おじさんとお話ししてて、いつもより夜更かししたせいで、僕はぐっすり眠っちゃったみたい。

おじさんに起こされるまで、外がどうなってるか全然気づかなかったんだ。

僕を起こしたおじさんは、いつもと違ってた。

いつも綺麗なかっこをしてたけど、その日はもっとカッコ良かった。

スーツにネクタイ、髪の毛をきちんとセットしたおじさんは、とっても社長さんらしく見えた。

これから戦いにいくよっておじさんは言った。

まだ半分寝惚けてて、意味が解っていなかった僕を、優しく抱き締めてくれた。


我慢しないでいい。

ちゃんと自分の気持ちをぶつけるんだ。

おじさんの家族みたいに、バラバラになってしまう前にね。


そう言って、僕が外に出ても寒くないように、おじさんのセーターをパジャマの上から着せてくれた。

柔らかくてふわふわなマフラーも巻いてくれた。

おじさんのいつもと違う雰囲気に、僕は何も言えなかったけど、目が覚めるにつれて外で何かが起こってるのが伝わってきた。

ザワザワとたくさんの声が聞こえて、外にたくさん人がいるのが解った。

訳が解らないままだったけど、おじさんが大丈夫って力強く言ってくれた。

おじさんと手を繋いで外に出た。

空き地の周りにはたくさんの人が集まってた。
近所の大人たち。
警察官のお兄さん。
自治会の太ったおじさん。
赤い眼鏡のおばさん。
それから、お父さんとお母さん……。
外はまだ少し薄暗くて、空の遠いほうが少し明るくなってきていた。
お母さんは、僕を見るなり駆け寄ってきて、おじさんから凄い勢いで引き離した。
おじさんを凄い顔で睨み付けて、この誘拐犯って叫んだんだ。
僕は頭が真っ白だった。
周りの大人たちは口々に、野次を飛ばしていた。
いつかこうなると思った。
だから早く追い出すべきだったのよ。
まともじゃない。
僕は違うって言いたいのに、この異様な雰囲気が怖くて声を出せないでいた。

お父さんが警察官のお兄さんに、早く捕まえろって怒鳴りつける。

警察官のお兄さんが、困った顔をしながらこっちに向かってきた。

そんな警察官のお兄さんの前に、飛び出した子どもたち。

いつもここで、おじさんと一緒に遊んでる友達が皆で、警察官のお兄さんを通さないように通せんぼする。

騒ぎで起きたのか、パジャマのままの子ばっかりだった。


おじさんはいい人だ!

そんなことしない!

おじさんを連れていかないで!


皆力いっぱい叫んでた。

皆のお父さんやお母さんが、慌ててそれを止めさせようとした。

引っ張ってどかされては、振り払って戻る。

体全体で抵抗したり、手脚をばたばたして、大人しく捕まえられないようにする子もいた。

怒鳴る大人たちの声と、泣き叫ぶ子どもたちの声で、辺りは騒然としてる。

僕もそれに参加しようとして、お母さんの手を振り払おうとした。

やめなさい、行くんじゃない、そう止められても何度も何度も。

怒鳴っても聞かない僕に、お母さんが手を振り上げた。


そのとき、ずっと黙っていたおじさんが。

もうやめるんだ！　と怒鳴った。

おじさんの怒鳴り声は、どこか威圧感があって、そこにいた大人も子どもも、一瞬でぴたっと静かになった。


皆の視線がおじさんに集中してる。


私の我儘から始まったことが、こんなに大きな騒ぎになったこと、近隣に住む皆様に不快な想いをさせてしまったことは本当に申し訳ない。

そう言って、おじさんはとても深くお辞儀したんだ。

周りの大人たちは少しざわっとしたけど、おじさんの雰囲気に飲まれて、それ以上騒いだりせず、おじさんの話を静かに聞いてた。

　子どもたちも、学校の授業でそれだけ静かにできたら先生は困らないってくらい、誰もしゃべったりしないで聞いていた。


　おじさんは僕に話してくれたように、自分が社長であること、どんな風にしてここに来たのかを、僕に話したときより難しい言葉で話した。

　短い間ではあったけれど、ここでこうして暮らしたことをよかったと、心から思ってるって言った。

　僕たちの顔を見回して、表面に捉われない子どもたちの純粋な思いやりが、どれだけ救ってくれたか解らない、ありがとうって笑ってくれた。

　それから、大人たちの顔を見回して、私は今ならなぜホームレスが私を仲間だと言ったのかがよく解るって言った。

　私の家は妻と娘がいてこそ、家と呼べたんだと気づいたって、おじさんは静かに一粒だけ涙を流した。


　それから、またしっかりとした顔に戻って僕たちのお父さんとお母さんに問いかけるように話した。

友達のお父さんを見ながら、この子が初めてテストで百点を取った話を聞いてあげましたか？　って。

別の友達のお母さんを見ながら、この子が苦手だった一輪車に前より上手に乗れるようになったのを知ってましたか？　って。

また別の友達のお母さんを見ながら、お父さんが単身赴任でいないから、お母さんが寂しいと思うって、必ず五時には帰るようにしてたことに気づいてあげてましたか？　って。

他の友達のお父さんやお母さんにも、同じように問いかけていく。

最後に僕のお父さんとお母さんを見て、前に住んでたアパートのときのように、最後に三人で笑って夕飯を食べたのがいつだったか思い出せますか？　って。

泣きそうな顔で、寂しかったのってお母さんが聞くから、僕はお母さんにしがみついて泣いてしまった。

ずっと言えなかった気持ちが、一気に言葉になる。

お父さんとお母さんに仲よくしてほしかったこと。休みの日、お父さんとずっとサッカーがしたかったこと。お母さんに前みたいに一緒に楽しく勉強を見てほしかったこと。

他にもたくさん……。

お母さんは泣きながら僕を抱き締めてくれた。

お父さんは黙ってうつむきながら、僕の頭に手を置いた。

おじさんは、住む場所や環境を守ろうとすることは大切だけど、自分のようにそれに気をとられて、家族を守ることを忘れないでほしいって優しく笑った。

空き地の前に、黒い長い車が停まって、おじさんのSPたちがやってきた。

おじさんは、もう一度深くお辞儀をしてその車に乗っていってしまった。

それから三日もしないうちに、おじさんの小屋はなくなっていた。

僕たちは、また何もない空き地に戻ってしまったそこで、おじさんが会いにきてくれるのを何日も待っていた。

だけど、ある日おじさんのことが新聞に載ってるのをお父さんが見つけた。

小さなスペースだったけど。

大きな会社の社長さんだから、新聞にも出るんだなってお父さんが言ってた。

おじさんは、重い病気と闘ってたんだって。

でも、もう助からないって解ったときに、最後にやりたいことをしてきたから、やり残したことはないって言ってたんだって。

お父さんとお母さんは、最後だからあんな無茶をしたんだねって話してた。

おじさんが亡くなったって知って悲しくて、僕は実感はなかったけどたくさん泣いた。

泣いてる僕にお父さんが、最後は奥さんと娘さんと一緒にいられたんだってさって教えてくれた。

僕は今度は、悲しい気持ちじゃないのにたくさん泣いた。

あんだけ嫌がってたのに、お父さんもお母さんも、もうおじさんを悪く言うことはなくなった。

あれから、お父さんとお母さんの喧嘩は凄く減った。

たまにはするけど。

休みの日は、お父さんがサッカーを教えてくれるようになった。

お父さんとサッカーをしてるときに、おじさんの記事にホームレスって書いてあったの？　って聞いてみた。

お父さんは笑いながらなかったよって。

おじさんみたいな人は、普通ならホームレスって言わないからねって言ってた。

でも、お父さんはおじさんの気持ちも今なら解るよって言った。

僕の頭をグシャグシャに撫で回して、お前とお母さんがいなくなったら、俺もホームレスだって笑った。

お母さんもイライラしないで勉強を見てくれるようになった。

誰かと僕を比べることがなくなった。

前のアパートにいたときみたいに、一緒に笑ってくれることが増えたんだ。

僕のことを抱き締めて、あのおじさんに感謝しないとねって言ってた。

前のアパートのときみたいに、毎日じゃないけど、三人でご飯を食べる日も増えたんだ。

おじさんは、今でも僕のヒーローで、先生で、友達だ。

隣のアパートが完成して、新しい人が住むようになっても、きっと大人になっても、僕は絶対に忘れない。
隣に引っ越してきたホームレスのおじさんのことを。

なつのかけら

北沢あたる

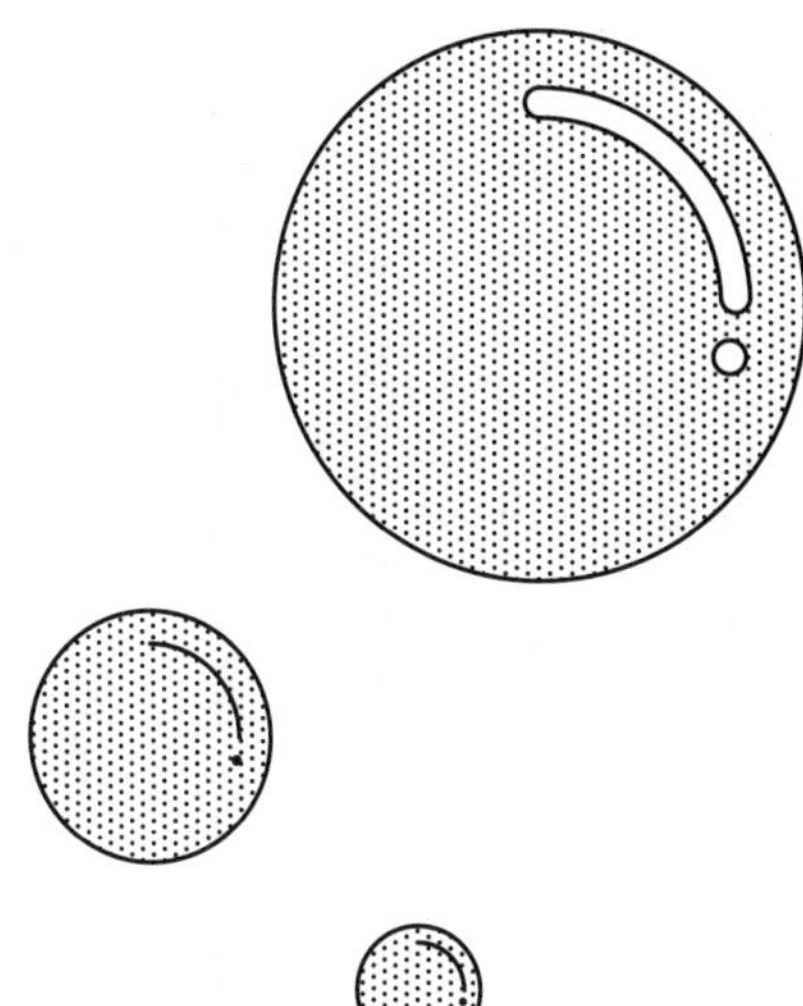

夏休みの間は祖父母の家で過ごすことが、我が家の定番になっていた。

両親が共働きで、兄弟のいない私は、完全なる鍵っ子で、帰っても誰もいないリビングで一人、コンビニのお弁当を食べる毎日だった。

せめて夏休みくらいは温かい家庭料理をと、母親なりに気を遣ったつもりなのだろう。

一学期の終業式が終わると、約一ヶ月分の荷物を積んで、母親が故郷である町まで車を走らせるのだ。

母の故郷は、三方を山で囲まれた小さな田舎町だった。山間に集落がぽつぽつと並び、その先には内海(うちうみ)が見える。

波は穏やかで、遊泳は禁止されてはいないが、小さ過ぎるので観光客は寄りつかず、地元の子どもたちだけが、夏休みの間に海水浴を楽しむ場所のようだ。

祖父母の家のベランダから、通りを挟んで、碧色に広がる海を眺めていると、近所の子どもたちが水着姿で浜辺を駆けているのが見えた。

何もない、退屈な町だった。

祖父母の家には、母親の姉夫婦が同居していた。

伯母は専業主婦で、家の外でバリバリと働く母親と比べると温厚だった。優しくて、親元を離れて一人の私に気を遣ってくれる。

「一緒に買い物に行こうか？」

「晩御飯の準備、手伝ってくれると嬉しいな」

「散歩に行かない？　夜の浜辺を歩くのも気持ちいいものだよ」

伯母さんの誘いにいつも笑顔を貼り付けて、首を横に振った。

気を遣ってくれるのはありがたかったけれど、正直なところ、その優しさが迷惑だった。

きっと、かわいくない子だと思っていたかもしれない。けれど、伯母さんは毎日変わらず、笑顔で私に接してくれる。

伯母さんには二人の子どもがいた。二人とも女の子で、私よりも歳上だった。長女は今年中学三年生になり、次女も中学生になった。

以前はよく面倒を見てくれて、大好きだったお姉ちゃんたちは、中学生になったら変わってしまった。部活もあるし、友達や彼氏と遊ぶのに忙しいらしい。

小学生の私と遊ぶなんて、子どもっぽいこともうしないんだって。自分たちだって、少し前まで小学生だったくせに。

きっと小学生と中学生の見る世界は違うんだと自分に言い聞かせて、私はお姉ちゃんたちと距離を置いたのだ。

夏休みの宿題は七月中にほとんど片づけてしまった。残っているのは日記と工作だけだ。

どこかに出かけるわけでもなく、のんびりとしたこの田舎町で一日をだらだらと過ごすだけの私としては、日記を書くのは億劫だった。

嘘を書くほど想像力があるわけでもないし。

日々の唯一の楽しみといえば、お姉ちゃんたちが持つ、巨大な本棚に並ぶ漫画を片っ端から読むことだった。

「ここにある漫画、自由に読んでいいからね」

ここに来た初日に、お姉ちゃんにそう言われた。なので、他にやることもない私は、棚の一番上、左端の漫画から手に取った。

漫画はいい。ページを捲るたびに、私をここではない世界に連れていってくれる。

月から地球を観察している人々の話を読んだ。私が生まれる前、ずっと昔に描かれた漫画だ。

人々は輪廻転生をし、現代の日本に生まれ変わる。彼らは皆、不思議な力を持っている。過去と現在が交差し、人々の能力に関する葛藤や恋愛模様にハラハラドキドキさせられる。小学生の私からしたら、ちょっぴり背伸びした大人の世界を覗き見しているような気分になった。

気づけば私は、全二十一巻を読破していた。

今、何時なのだろう?

ここでは、夜更かししていても怒られることはない。

与えられた一人部屋の電気を消し、カーテンを引いて窓を開けた。

湿気た海風が冷房の効いた部屋に流れ込んできた。ベランダの先、見下ろす地平線の彼方から、ゆっくりと朝日が昇ろうとしていた。

黄色い光がぼんやりと紫がかった空に放たれ、周りの景色を照らし始める。寄せては返す波、足跡の消えた砂浜、人通りのない海岸通り。

それは希望のように、眠っていた世界に光を与えた。日が昇る瞬間の海を生まれて初めて見た。心地よいものだった。

だんだんと明るくなっていく景色をぼんやりと眺めていたら、浜辺に人影を見つけた。薄手のパーカーを羽織り、フードを被っていた。男か女かは、ここからは確認できない。

その体の小ささから、子どもだと解る。その子は、波打ち際を歩いていた。時折、しゃがみ込むような体勢になり、足元を波にさらわれそうになりながらも、のんびりとした歩調で、散歩をしているようだった。

一人なのかな？　大人が近くにいるようには見えなかった。

私は壁時計で時間を確認する。『5：15』と表示されていた。

窓を閉め、そっと部屋の扉を開き、耳を澄ました。家の中はしんと静まり返っていた。

皆がまだ眠りの中にいるのを確認し、私はこっそりと家を出た。

ビーチサンダルを引っ掛けて、海岸通りに出た。朝の空気は少しひんやりとしていて、Tシャツ姿で出てきてしまったことを後悔した。

引き返すつもりはないので、そのまま通りを渡り切り、階段を降り、浜辺へと降り立った。窓から見えた子の行方を追う。

数百メートルほど先の波打ち際で、その子はしゃがみ込んでいた。

何か探してるのかな？

いきなり声をかけたらびっくりするかな？

でも、こんな時間に子どもが一人で出歩いているなんて、気になる……もしかしたら、もう会うのはこれっきりかもしれないし、変な子だと思われてもいいや。

しばらくの葛藤ののち、あの子に話しかけてみよう！　と決意し、浜辺をぐんぐん歩いていった。

「ねぇ、何してるの？」

私はなるべく明るい声で、後ろ姿に声を掛けた。しゃがみ込んでいたその子は、私を振り返ると同時に、目を丸くさせた。私より、一回りくらい体の小さな子だった。歳下かもしれない。

「驚かせちゃった？　ごめんね。私、あそこの家に住んでるの。住んでるっていうか、おばあちゃんちなんだけど、夏休みの間だけお世話になってるの。あ、でね、部屋から海を見てたら偶然、君を見つけて――」

通り沿いの家を指さすと、その子の視線も私の指先を追うように、その先にある家を眺めた。

その子は視線を自分の足元へと戻すと、砂だらけの手を海水で洗った。立ち上がると、私の目の前で両手の平を開いた。

「貝殻を拾ってたんだ。朝のほうがたくさん見つかるから。僕もここの人じゃなくて、夏休みの間、おばあちゃんの家に来てるんだ。おばあちゃんの家はあそこ」

そう言って、貝殻を左手に全て載せたあとで、空いた右手で山の上を指さした。華奢（きゃしゃ）で白い指がさすほうに顔を向けると、山の上にぽつぽつと建つ家の中で、洋館のような佇まいの家があった。あの家の存在は知っていた。辺りに建つ家と違うし広大なので、民宿か何かだと思っていた。

夏休みの間はあそこにいるんだ。私と同じように、親に預けられたのかな？　彼は――彼？　私ははっとした。

確かさっき、自分のことを「僕」と言っていた。

男の子だったんだ……。

私はじっとその男の子の顔を覗き込んだ。

日焼けを知らない青白い肌に、真ん丸の黒目に黒縁メガネを掛けている。真ん中分けした黒髪は頬にかかるくらい長く、一見、女の子のように見える。

「貝殻、拾ってたんだ？」

私は彼の左手に視線をやると、彼はこくんとうなずいた。彼の手の平には小さな貝殻の山ができている。

「おばあちゃんがね、病気で寝てるんだ。お母さんが看病してるんだけど、おばあちゃんの部屋からは海が見えないのが寂しいって言うから、僕、海を作ってるんだよ」

「海を作る？」

眉間に皺を寄せながら訊ねると、「うん」と彼は大きくうなずいた。

拾った貝殻を無造作にパーカーのポケットに突っ込み、浜辺に向かって駆けだした。慌てて彼のあとを追っていくと、彼は防波堤の壁沿いに放り投げてあったリュックを摑み取り、中をかき回した。

「これが僕の作った海だよ」

彼は満面の笑みで、そう告げた。

私に向かって差しだされたそれは、ラムネの瓶だった。

青碧色の涼しげな色合いの瓶は、真ん中辺りが絞られており、独特の形をなしている。

瓶の底には砂が詰まっていた。その上には青い液体のようなものが、瓶の半分くらいまで満たしている。

その液体の中に、小さな貝が浮遊している。

絞りの部分にはビー玉が転がっている。口の部分は栓で閉じてあり、瓶の周りに鮮やかな魚の絵が描かれていた。

「……凄い」

私は思わず声を漏らしていた。

「綺麗。本当に小さな海だ。どうやって作ったの？」

彼からラムネ瓶を受け取ると、いろいろな角度から覗き込んだ。逆さまにしても液体は落ちてこない。中で固まっているらしい。

「空っぽのラムネの瓶を用意するんだ。中を綺麗にゆすいで、乾かしておくのがポイントだよ。用意したら、中に乾いた砂を入れる。瓶の真ん中で詰まってる砂がサラサラと下に落ちていくのを見るのは楽しいよ。砂時計みたいで」

彼は砂を握りしめた手をゆっくりと解く。砂がサラサラと、小指の間から零れた。

「海水の部分はレジン液を使ったよ。緑と青と透明を混ぜるといい具合に海の色に近くなる。これに拾ってきた貝殻を埋めていくんだ。レジン液は太陽の下に置いておくと、一日くらいで固まるんだ。固まったら、僕の小さな海ができる」

彼はのんびりとした口調で答えた。

「外側の絵はアクリル絵の具を使ったよ。乾くと水がかかってもへっちゃらなんだ。魔法みたいだよね。僕のおばあちゃんはね、絵を描く人なんだ。でも、病気で今は絵を描く元気がないから、僕に絵の具とかレジン液とか、好きに使っていいよって言ってくれたんだ。だから僕はおばあちゃんのために海を作ってるんだよ」

「おばあちゃんは喜んでくれた？」

「うん、とても。僕が作った海の瓶を窓際に並べてる。ビー玉がお日様の光を反射すると、海の中みたいにゆらゆらした光が見えるんだって。それが綺麗だって褒めてくれるよ」

病気のおばあちゃんのために海を作ってるなんて、なんていい子なんだろう。

私はと言えば、お手伝いもせずに、一日中ゴロゴロして、祖父母の言うことにも適当に相槌（あいづち）を打っているだけだ。いつもご飯を作ってくれる伯母さんに、ありがとうも言ったことがない。

自分より歳下であろう彼と比べると自分はなんて子どもなのだろう、と急に恥ずかしくなってきた。

「それって私にも作れるかな？」

「海のこと？　もちろんだよ」

「私に作り方を教えてくれないかな？」

「いいよ」と彼は私を見つめて大きくうなずいた。


彼の名前は田中はるにれ君といった。変な名前だから、彼の口から聞いたときは冗談かと思った。

「はるにれ……」と繰り返しつぶやく私の心情を察したのか、「変な名前でしょう？はるにれって木の名前なんだって、大きくまっすぐ育つようにって」と説明を付け足した。

「これから大きくなるのかなぁ。僕、背の順だといつも一番前なんだ」

そう言って空を見つめるはるにれ君は、小学五年生で、私と同じ歳だと判明した。

「これからだよ、大きくなるのは」

私よりも小さいはるにれ君を励ました。

私たちは日の出とともに海岸に集合する。浜辺にはるにれ君の姿を見つけると、浜辺に降りていくのだ。

伯母さんの「朝ご飯だよー」の声が家から聞こえてくるまでの間が、はるにれ君と私、二人だけの時間だった。

はるにれ君のリュックにはいつもパンパンに荷物が入っていた。はるにれ君はリュックの中から空のラムネ瓶を取り出し、砂の上に置いた。

「四次元ポケットみたい。いろいろ出てくるね」

私の冗談に、はるにれ君はフフフと小さく笑った。

準備ができたら、はるにれ君の「青空工作教室」のスタートだ。

はるにれ君と会うようになってから、私は朝が来るのが楽しみになっていた。

はるにれ君は空気のような子どもだった。隣にいて、たとえ会話が途切れてお互いに黙りこくったまま作業をしていても、居心地がよかった。

「中のレジン液が固まったら、瓶の外側に絵を描こう。今度は絵の具を持ってくるね」

今日はそう言って別れた。

じゃあね、また明日。

私が使っている部屋の窓際には、はるにれ君のおばあちゃんの部屋と同様、ラムネの瓶が並んでいた。

はるにれ君のように器用にはいかない。初めて作った私の海は、レジン液の中に砂が飛び散ってしまった。

はるにれ君はよくぼうっとしていて、私が話しているときも、聞いているのか聞き流しているのか解らないのに、彼の作る作品は、小学生にしてすでに芸術の域だった。

「百円ショップに売ってたキラキラしたハートやお星さまのパーツを、海の中に入れてみようと思うの」

「いいね。凄くいいアイディアだよ」

私が提案すると、はるにれ君は大きくうなずいて褒めてくれた。

明日はどんな絵を描こうかな？　はるにれ君はどんな絵を描くんだろう？　下手クソだと思われたくないから、練習しておこうか。

私はノートを開き、魚の絵の練習を始める。

コンコンと部屋の扉がノックされ、「どうぞ」と声を掛けたと同時に、伯母さんが扉の向こうから顔を出した。

「今ね、お母さんから連絡があってね、明日のお昼ごろに迎えにくるって。よかったわね。一ヶ月以上もお母さんと離れていたのだもの、会いたかったでしょう？　伯母さん、買い物に行ってくるわね。最後の夜だから、今夜はちらし寿司を作りましょう」

にっこりと笑みを浮かべたまま、伯母さんは階段を降りていった。

お母さん、明日迎えにくるんだ……

今日は何月何日だっけ？　壁に掛かったカレンダーを見て、夏休みの残りがあと一週間しかないのだと解った。

はるにれ君と出会ってから、日々が過ぎるのがあっという間だった。楽しい時間は過ぎるのが早いのだと、担任の先生が言っていた。

帰る準備をしないといけない。

明日、はるにれ君にお別れしなくちゃいけない。

ラムネ瓶の絵はきっと描けない。

はるにれ君と作った私の海。窓に並ぶラムネ瓶を見つめた。

「おはよう」

翌朝、浜辺にはるにれ君がやって来たのを見つけて、私は海へ降りていった。大きなリュックを背負った小さな後ろ姿に声を掛けると、「おはよう」と彼も挨拶を返した。

はるにれ君は薄手のパーカーを羽織り、相変わらずフードをほっ被りしていた。起きたままの状態で、鏡も見ずにここにやって来たのか、おでこの辺りに一角獣のような寝癖が突き出ていた。

どうやって寝たらそんな寝癖が？

私ははるにれ君のおでこを指し、笑い声を上げた。まったく、別れの朝だというのに相変わらずのお惚けだ。

「私ね、今日帰ることになったんだ。急でごめんね。昨日、ママから迎えにくるって連絡があったの。私も驚いているんだよ」

笑ったあとでぽろりと告げた。はるにれ君は、はっと驚いたような顔をしたあとで、背負ったリュックのショルダーストラップを握りしめた。

「ごめんね。だから今日は絵を描いてる時間はないの」

「そうか、残念だなぁ」

はるにれ君がぽつりとつぶやいた。

「ねぇ、来年の夏もここに来る？」

「分からない」

私の問いにはるにれ君はそう答えた。

「私、来年の夏もここに来るから。ここに、私の海が入ったラムネ瓶があるの。これ、はるにれ君が持ってて。また来年、ここで会って絵を描こう」

私は矢継ぎ早に告げて、ラムネ瓶をはるにれ君に押し付けた。

はるにれ君は瓶を受け取ると、困ったような顔をしていた。

「あの、僕……」

彼が何か言いたげに言葉を発したところで、「はるにれ君が来るまで、ずっと待ってるから」と強引に会話を締めくくった。

はるにれ君のことを私は何も知らない。電話番号も、どこの小学校に通っているのかも、好きな食べ物は何なのかも。

知っていることと言えば、山の上に住んでいるおばあさんのことと、彼が小さな芸術家であること。

彼との約束が欲しかった。また会えるのだという確信が欲しかった。

「ありがとう。楽しい夏休みだった」

はるにれ君は帰り際にそうつぶやいた。その言葉を聞いたときに、ここを離れるのが名残惜しくなった。たぶん、今思えば、それが私の初恋だったのだ。

季節は廻り、また夏がやって来る。

少し伸びた身長と、女の子らしく伸ばし始めた髪。夏休みが来るのが待ち遠しかった。

今年は母親から提案される前に、田舎に行きたいと自ら告げた。

車の窓を開け、潮の香りを感じると胸が高鳴る。もうすぐはるにれ君に会えるのだとワクワクしていた。

彼はどんな一年を過ごしたのだろうか？

背は伸びた？

私のことを少しでも思い出してくれたかな？

「すっかり女の子になっちゃって。去年使ってた部屋、そのままにしてあるからね。自分の家だと思っていいからね」

伯母さんは相変わらずの世話好きだ。

「ありがとうございます」とお礼を言って、一年ぶりの部屋へと入った。

大きな本棚にお客さん用の布団。窓の所には、去年、置いていったままのラムネの瓶――

「伯母さん、あの一番右側の瓶はどうしたの？」

無造作に並んだラムネ瓶の一つに装飾がされていたのだ。人魚の周りを踊る鮮やかな魚の群れ。

この絵は確かに彼の絵だ。

「あぁ、あれね。去年の夏の終わりに男の子が訪ねてきて、置いていったんだよ」

伯母さんの話によると、私がここを離れてから数日の間に、はるにれ君のおばあさんが亡くなったのだそうだ。

はるにれ君のおばあさんはお屋敷に一人で住んでいた。はるにれ君のお母さんは、おばあさんの家を売ることにしたらしい。今では、違う人が住んでいて、はるにれ君の家族がこの地に戻ってくる可能性はもうないだろう。

はるにれ君は、私ともう会うことはないのだと知っていたのだ。

だから、私の差し出したラムネ瓶に絵を施して、わざわざ届けてくれたのだ。

楽しかった思い出に？

ありがとうって意味で？

何か伝えようとしていたはるにれ君の口を遮ったのは、私だ。

わがままで嫌な子だと思われてもいいから、もう一度、はるにれ君に逢いたかった。


夏が来るたびに、あのころの甘酸っぱい思い出が蘇る。

はるにれ君が絵を描いた私の海は、今も捨てられずに、机の上に飾ってある。

ビー玉が日差しを反射して、ゆらゆらと私の海に光の影を作る。楽しそうな表情の人魚。

成長したはるにれ君は、今もラムネ瓶に彼の海を作っているのだろうか？

こんな切ない思いになるのなら、いっそ夏なんてなくなればいいのにと、私はガラス瓶の人魚を指先で小突いた。

レシピ

kaku

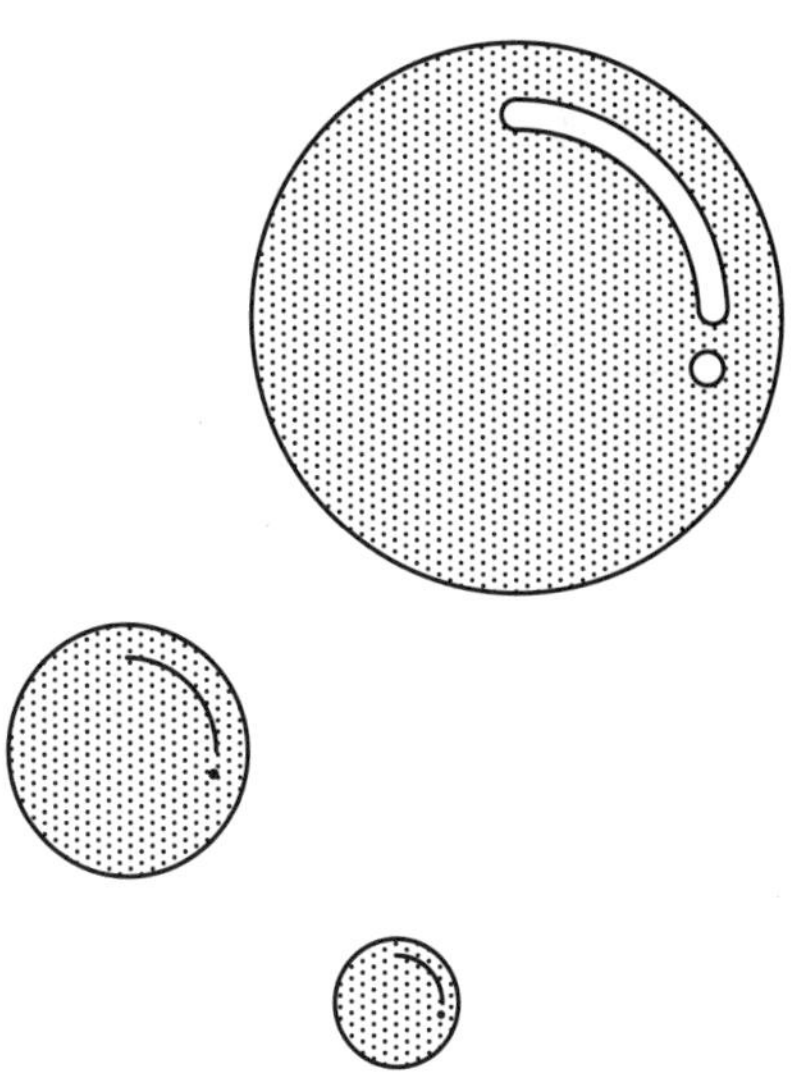

その人物は、約束の時間きっかりに現れた。

金髪に近い茶色の髪は、てっぺんの部分が黒くなっていてプリンのようだった。

化粧はしているみたいだが、上下黒のスウェットで、まるで家の中にいるような格好だ。

だけど、顔立ちはやっぱりお袋によく似ていた。

それはそうだろう。

彼女は、お袋が産んだ唯一の子どもなのだ。

「いらっしゃいませ」

俺は座っていた椅子から立ち上がり、頭を下げた。

たとえどんな格好で来ようとも、俺の店に来てくれたら客なのである。

頭を下げるのは礼儀だった。

「あんたが、西本さん？」

甲高い声で話しかけられる。

「はい。西本武です。このたびはわざわざお手数をかけまして申し訳ありません」

「で？　私はいくら貰えるの？」

そうして、椅子に座るなり彼女は言った。

開口一番の言葉は、どちらもお袋の死を悼むものじゃあなかった。

「それに対しては、私が説明させていただきます」

と、そのとき俺の隣に座っていた弟の徹が、ペコリと頭を下げながら言った。

「弁護士の西本徹です」

「御託はいいから、私はいくら貰えるのよ」

その言葉以外に言うことはないのか、再度彼女は同じ内容を言う。

「それについては、これからご説明します。兄貴、ここはいいから」

それに対して、弟はにこやかな表情で答えながら、最後は俺に向かってそう言った。

その表情から、内心はとても怒っていることが見て取れる。

確かに、実の母親が亡くなったというのに、彼女から出てくる言葉は、「いくら自分は貰えるのか」――つまり、遺産のことばかりだ。

だが、弟とて弁護士として、この手の現場は幾度となく見てきたはずだ。俺がしゃしゃり出て話をややこしくするよりも、断然上手くやるだろう。

俺は弟の言葉にうなずくと、テーブルの席から厨房へと足を向けた。

お袋が親父と再婚したのは今から二十五年前、俺は八歳で弟は五歳だった。実の母親のことはあまり覚えていない。

ただ、「死んだ」とは聞いていないし、親父からは、最後まで実の母親のことを聞くことはなかった。

だけど、物心付いたころには母はいなくて、父と弟と三人で暮らしていたから、こんなものかな、と正直子ども心にもそう思っていた。

だから、親父の再婚で「母親」ができたときは戸惑った。

だけど、お袋はおおらかな人で、そういった俺の戸惑った気持ちも分かってくれていた。

俺とお袋が仲よくなったきっかけは、料理だった。

俺は、小学校に上がったころから弟のために、簡単なおやつは作るようになっていた。

火は絶対に使わないように親父に言われていたから、握ればできるとか、オーブントースターで焼けばできるとか、混ぜれば完成とか、まあその程度のものだったが。だけど父子家庭の食事の事情なんて推して知るべしだったから、お袋の手料理を初めて見たときは、正直、感動した。

そして食べてみて、さらに感動した。

『これ、どうやって作るの？　俺も作ってみたい』

当時、すぐに懐いてくれた弟と違って、どこか俺とはぎこちなさを感じていたらしいお袋にとって、俺のこの言葉は渡りに船だった。

俺のこの言葉に勢いよくうなずいたお袋のおかげで、小学校の高学年になるころには、俺は弁当男子ならぬ、弁当少年となっていた。

自分の弁当はもちろん、弟の弁当も作った。

そのせいか、弟は俺の味に慣れてしまい、学生時代そこそこはもてていたのに、『兄ちゃんのほうが美味い』と差し入れに暴言を吐いて、女の子からひんしゅくを買ってしまったこともあったらしい。

とにもかくにも、そうやってお袋の指導の下、料理にはまった青春時代を送った俺は、当然のことのように将来の仕事も、料理人になることを望んだ。

そんな俺に対して、お袋と親父は、最初あまりいい顔はしなかった。

料理は趣味として続ければいい。

もっと、手堅い仕事についてはどうかとも言われた。

けれど、俺の夢はもう固まっていたし、「どんな仕事をしたい？」と聞かれて、やりたい！　と思ったのは料理の仕事だった。

最後には、お袋も親父も俺の夢を認めてくれた。

そうして、専門学校に行って、就職した。その間、お袋はずっと俺のことを心配してくれていた。

それはもう、ごく一般の「母親」そのものの姿で、俺たちが実は血が繋がっていないことなんて、すっかり忘れていた。

二年前に俺が独立を決意したときも、「使いなさい」と、親父の遺産を俺たちにそれぞれ分けてくれた。

さすがに貰えないと言ったのだが、笑いながら「あんたたちが、これから少しずつ私に返してくれればいいのよ」とお袋は答えた。

だから。

俺も弟も、お袋には頭が上がらなかった。

それから、弟も俺も必死に勉強したり働いたりして、何とか自分の仕事を軌道に乗せたころ、お袋が亡くなった。

倒れてから逝くまで、あっという間だった。

そしてお袋の死後、俺たちは初めて知ったのだ。

お袋には実の子どもがいたことを。

お袋は親父と結婚する前、一度若くして結婚していたのだ。

そのときに、子どもを一人産んでいた。

離婚したときには高校生になっていた彼女は、俺よりも十歳上だった。

俺も弟も、お袋から彼女のことを聞いたことはなかった。

遺品にも、彼女の写真はなかった。

それどころか、お袋が生まれてから前の結婚をするまでと、俺の親父と再婚してから今までの写真はあるのに、前の結婚をしていたころの写真は一枚もないのだ。

ただ。

一つだけ、遺された物があった。


俺は厨房に入ると、下ごしらえをしていた物を冷蔵庫から出した。

今日は店休日だから慌てなくてもいい。

けれど、絶対彼女には食べてほしくて、俺は手早く下ごしらえをしていた物たちを調理台の上に置くと、鍋に火を入れた。

レシピは頭の中に叩き込んでいたから、あとはレシピどおりに作るだけである。

俺は材料を鍋で炒めると、そこに水を注いだ。

それから、お袋がレシピに書いていたカレーのルーを三種類、ボウルの中に割って入れた。

配合はレシピに書いてあるとおりにしなければならないから、計りを使った。

そうして、沸騰し始めた鍋から灰汁(あく)を玉じゃくしで取ると、鍋にカレーのルーを入れた。焦がさないように玉じゃくしでかき混ぜて、ガスの火を弱火にする。

しばらく煮込んでいる間に、洗い物をした。

そうしているうちに、炊飯器がご飯の炊き上がったことを知らせる。

俺は手早く洗い物を済ませると、カレーの鍋を覗き込んだ。

シーフードカレーはお袋の得意料理だった。

だけどこれは、お袋がよく俺たちに作ってくれたレシピではなかった。

塩コショウでカレーの味を調え、炊き上がったご飯を器に盛った。

そこに、作ったばかりのカレーをかける。

付け合わせのサラダにかけるのは、これもまたお袋特製のレシピだ。

だけど、これも俺たちは知らない味だった。

デザートはケシュキュル。

これは、アーモンドをミキサーでペーストにした物を、牛乳で延ばして、砂糖で味付けして、コーンスターチで固めた物だった。

トルコのお菓子で、俺たちは食べたことがなかった。

彼女の来る数時間前から作っていたから、十分に冷えている。

俺は、それらの物を全部トレイの上にセットすると、厨房を出た。

「どういうことよ⁉」

厨房を出たとたん、彼女の叫び声が聞こえた。

「今ご説明したとおりです。あなたの取り分は、この通帳分の現金になります」

「馬鹿にしないでくれる！」

がたんっと彼女は椅子から立ち上がった。

「何でこんなはした金になるのよ！　どうせあんたらが懐に入れたんでしょうがっ！」

「母の遺品なら残っています。私たちには使えそうにない物ばかりなので、あなたが引き取られますか？」

「金になるものはあるの⁉」

「現金化できそうなものは、全てしまして、その通帳に入れてあります」

弟は、顔を真っ赤にして叫ぶ彼女に、そう静かに答えた。

実際、弟の言うとおりだった。

お袋は、自分の「財産」と言うべきものはほとんど遺していなかった。

生前、弁護士に依頼して、ほとんどの遺産を、俺たち名義にしていたのだ。

『自分が死んだあとに余計なトラブルは起こしたくない』

それが、お袋の言葉だったらしい。

お袋は、自分の娘が、自分の死後こんな風に遺産で文句をつけてくると予想していたのだろうか。

前の結婚生活の思い出の品はほとんど持っていなかった。

ただ、唯一残っていたのは。

「ここの店の主人が出した本の印税だって、あるでしょうが！」

彼女はまたしても叫んだ。

確かに、俺はこの店を始める前に、ブログで発表していたプライベート用のレシピを本にまとめて出版したことがあった。

そこそこ売れたは売れたけど、彼女が思うほどのお金になったわけではない。せいぜい、サラリーマンの給料数ヶ月分だった。

「それは、あなたには何の関係もありません。純粋に兄の物です」

彼女は、俺が得た印税すらも自分が手に入れることができると思っていたのか。

「ただ、あなたに渡すべき遺品はあります」

彼女が叫びだす前に弟はそう言葉を続けた。

「これです」

その弟の言葉と同時に、俺は彼女の前にトレイを置いた。

「何、これ」

並べられた料理を見て彼女は呆然となった。

「母が、あなた用に作っていたレシピノートから作ってみました」

俺は、彼女にそう言った。

お袋が前の結婚生活の物で唯一残していたのが、料理のレシピノートだった。それは、偏食がひどかった娘のために、お袋が試行錯誤して作ったレシピだった。

食感がいい物、食べやすい物、そして珍しい物。

少しでも、娘が食べてくれるようにと、さまざまな工夫がされたレシピだった。

「何よ、これ！」

目の前に置かれたトレイを見て、彼女は言った。

「こんな……こんな、不味そう――」

だけど。

そこで、彼女の言葉は止まった。

そうして、じっと、置かれた料理を見つめる。

それから、顔を手で覆った。

お袋と彼女の間に、何があったのかは分からない。

離婚したとき、なぜ彼女が父親のもとに残ったのか。なぜ、お袋と連絡を取ろうとしなかったのか。

そしてなぜお袋も、彼女と連絡を取ろうとしなかったのか。

親父との再婚は、離婚してから三年後のことだったから、連絡を取り合っていてもおかしくはなかったはずなのだ。

決して幸せではなかったのは、前の結婚での思い出を、彼女のための料理ノート以外、何も残さなかったことからも分かっている。

だが、それ以外にも、何かお袋と彼女の間には確執があったのかもしれなかった。

それは、お袋が死ぬまで消えることはなかった。

けれど。

確かに、あったのだ。

お袋の作った料理を見て、彼女が目を輝かせて、それから一口食べて、「美味しい！」と言った瞬間が。

それを見て、お袋が微笑んだ時間が。

俺たちと同じように。

「母さん……母さん……」

顔を手で覆った彼女からは、小さくそんなつぶやきが聞こえた。

「貰ってください。これは、あなたの物です」

そう言って、俺は弟から一冊のノートを受け取ると、料理が載ったトレイの横にそれを置いた。

『こずえちゃんのレシピ』

古ぼけたノートには、お袋の字で、丁寧にそう書いてあった。

もしも最愛のあなたとの約束を守ったとしたら

Nemesis

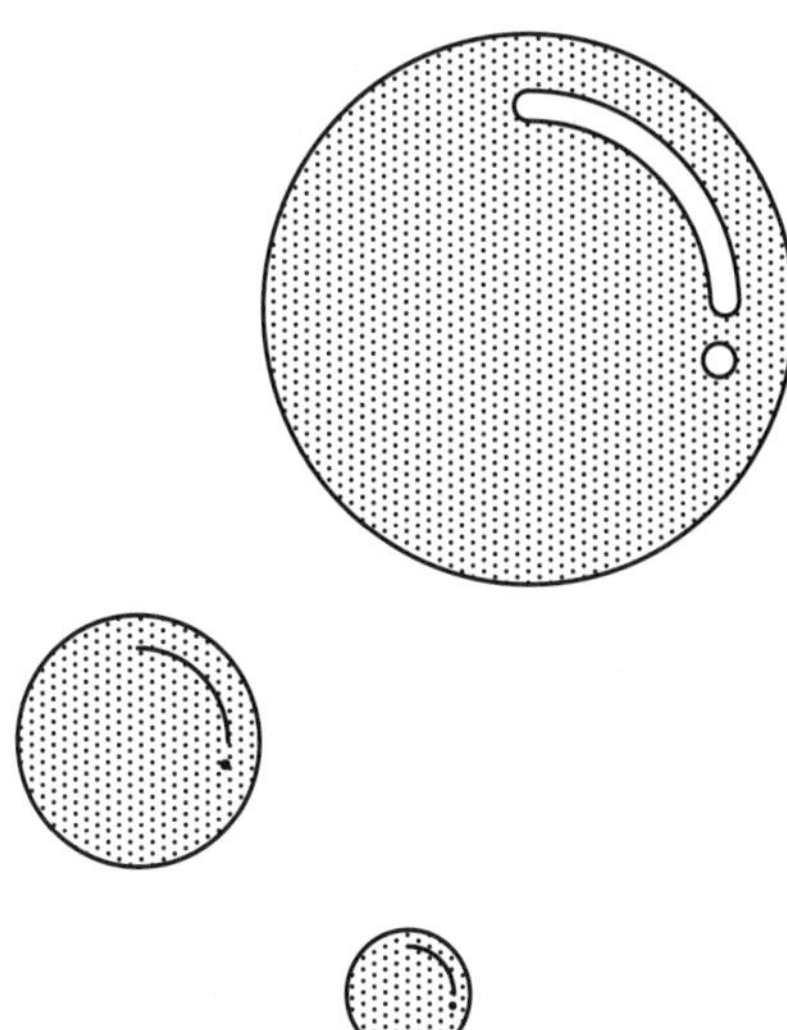

昔は朝が弱くて、ぎりぎりまで布団から出られなかった。そのことで妻にはよく叱られたものだ。曰く、自分が朝ご飯を作っているときに呑気に寝ていられると腹が立つらしい。

昨日の冷凍ご飯を電子レンジに放り込み、味噌汁と出汁巻き玉子を作る。卵二個に水大さじ一、ミリン大さじ二分の一、白だし大さじ二分の一。卵焼き器は熱し過ぎないように。妻と付き合い始めてすぐのころに教わったそのままのレシピでもう四十年以上になる。得意料理を聞かれたときは出汁巻き玉子と答えるようにしていた。妻のレシピが美味しくないはずがない。

ご飯、味噌汁、出汁巻き玉子、そして納豆を冷蔵庫から出して食卓に並べた。妻はネバネバ系やドロドロ系全般が苦手なのだが、なぜか納豆だけはいける。

寝室に向かう。妻はまだ布団で寝息を立てていた。いつの間にか昔と立場が逆になったのだが、まったく腹は立たない。むしろいつまでもこうして朝ご飯を作ってあげたいと思う。

「夏帆（かほ）」

妻の肩を叩いた。妻は顔をしかめて寝返りを打った。

「夏帆」

もう一度その名を呼ぶ。

「ご飯できたよ。冷めちゃうよ。ルイボスティあったかいほうがいい？　氷入れる？」

あと何度、こうして妻を起こすことができるだろう。

あと何度、「特別な今日」を迎えることができるだろう。

そう。今日は特別な日なのだ。だって、夏帆にプロポーズするのだから。

「あったかいほうがいいです」

夏帆は寝呆け眼（まなこ）で答えた。

「ところで、あなたどちら様ですか？」

＊

夏帆と初めて知り合ったのは大学の研究室主催のテニス大会だった。当時俺は社会人一年目で、夏帆は大学三年生。

本当にただ一目惚れだった。

「ねぇ」

白昼のテニスコート。試合を見ている夏帆の横顔に声をかけた。夏帆が、私？　という感じに少し首を傾げながら振り向いて黒い艶やかな長髪がふわりと揺れたのを今でも覚えている。

「結婚しよ？」

俺たち二人の近くにたまたま人がいなくなった一瞬をついての、渾身のプロポーズだった。

何言ってんだこいつ、とでも言わんばかりに夏帆の眉間に深い皺が寄ったのもよく覚えている。

「お断りします」

こうして出会った初日、プロポーズして一秒で俺は振られたのだった。

二百回くらいプロポーズしてはズタズタに斬り刻まれた末に、ようやく付き合うようになった。

　夏帆は料理が得意だった。

　スキレットで焼いたハンバーグは肉汁が溢れた。スキレットは手入れが大事らしく、俺は皿洗い担当だったがスキレットは必ず夏帆が洗っていた。

「皿洗い上手になりましたね」

　二人で流しに立っているときに夏帆が言った。

「ちゃんと周り拭くようになったし」

　洗い物をしたあとに流しの周りが濡れたのをほったらかしていてこっぴどく叱られたことがあったので、それ以来気をつけるようにしていた。

「下僕検定三級をあげます」

　以降、俺の下僕検定は着々と昇級していくことになる。作るか洗うか。仕事の分担は必ずだ。夏帆が動いているときにテレビの前でグータラすることはなくなった。教育の賜物。

　夏帆が焼く紅茶のシフォンケーキは絶品だった。ふわふわしっとりの口どけ。メレンゲ作りと隠し味の愛情が重要らしい。米粉でシフォンケーキを焼いたときもあった。米粉だともっちりに仕上がり、違う食感が楽しめたが、やはり普通のシフォンケーキのほうが好きだった。夏帆がケーキ作りに使ったあとの器具はもちろん俺が洗う。洗い方が悪いと怒られながら。

バレンタインにはガトーショコラを、誕生日にはイチゴのショートケーキを作ってくれた。意外にもデコレーションは苦手だったらしく、スポンジケーキを覆う生クリームはデコボコしていた。修業しますと言って、実際にクッキングスクールに入会したのはさすがだ。

『学生のうちに入会すると半額なんですよ。じゃじゃーん』

ＬＩＮＥで送ってきた画像は、そのクッキングスクールで作ったらしい焼き菓子だった。

『すごっ……』

『なんというお菓子でしょーか?』

『あのーほら、洋菓子の詰め合わせとかによく入ってるやつだよな』

『1フランフラン、2フロランタン、3ランタン、4タンタン、どーれだ?』

『ふらんふらん』

『フランフランは雑貨屋さん』

『たんたん』

『タンタンはうちの実家で靴下を意味する赤ちゃん言葉。あ、二回間違えたので食べられません』

『食べるもん』

『間違えたのに。代わりに靴下あげます』

『斎藤家ではリモコンのことなんていうでしょーか?』

『准一』

『なんでｗｗｗ』

『リモコン係、的な。リモコンまで手を伸ばすの面倒だから斎藤さんにやらせる』

『下僕かよ』


手巻き寿司パーティもよくやった。刺し身を買って、他にも納豆、ツナ缶、卵焼き、キュウリにアボカドをテーブルに並べ、好きなものを巻いていくスタイルだ。夏帆は綺麗な円錐型に巻いていた。俺が巻くと具がはみ出しまくった。

夏帆は蒸し器を持っていたので、小籠包も手作りした。夏帆が皮と具を作ってくれて二人で包む。小籠包の皮は思ったよりもよく伸びて、お店のようなひだができた。蒸しあがるとスープがたっぷりで、はふはふ言いながら食べた。

俺は普段、夏帆に指示されながら小鉢用に少し作るくらいだったが、たまにはメイン料理も担当した。瓦そばは夏帆の出身地から遥か遠く、俺の故郷の郷土料理で、さすがに瓦はないのでフライパンで作る。焦げ目がつくくらいに炒めた茶そばの上に、甘辛く焼いた牛肉、錦糸卵、刻みネギ、海苔を盛り付け、最後だけ手抜きしてポッカレモンを振りかける。

「今日は俺が作ったから夏帆が洗い物だよね？」

「片付けまでが料理ですよ」

下僕検定が一級から五段に上がった。

夏帆が卒業するのを待ってから、俺たちは結婚した。

プロポーズの言葉はもちろん、

「結婚しよ？」

「えー、どうしよっかな。画数増えるもんなー」

確かに斉藤から齋藤はだいぶ違う。

「遠距離ですし」

夏帆は化粧品メーカーの研究員として働くことが決まっていた。俺の職場からは新幹線に乗る距離の県だった。夏帆は前からずっと、結婚するからには一緒に住みたいと言っていた。

「まあいいや。これ以上待たせると齋藤さんハゲそうだし。下の中の顔が下の下になる前に特別サービスで結婚してあげます。大事にしてくださいね」

結婚式に来てくれた夏帆の友人たちを見て、いかに夏帆が周囲の人々から愛されているのかを実感した。

「書道部の母」の異名を持ち、夏帆が全幅の信頼を置いているという森本君は、若草色の着物の上品な装いだった。書道部の後輩で夏帆の彼女という設定の祥子さんが受け取る寸前だったブーケを、森本君はその背丈を活かして掠め取り、「私だって幸せになるの！」と、少し低い声で高らかに宣言していた。

もう一人の夏帆の彼女・桃香さんは「夏帆さんが男に取られたー！」とわんわん泣く真似をして夏帆に抱きついていた。夏帆は「結婚しても私はももちゃんを愛してるからね」と背中をぽんぽんしてあげていた。

「准一さん、夏帆をよろしくね。好き嫌い多くて頑固なところあるけど、素敵な女性だから」

森本君が挨拶に来てくれた。

「夏帆さんを泣かせたらぶっ飛ばしますからね」

と、祥子さん。

「はー、なんでこんなポンコツと結婚することにしたんだろ。背は低いし下の中だし将来ハゲるし」

夏帆は大げさに演技がかったやれやれ口調で言った。

「夏帆さんこう言ってますけど、ちゃんと准一さんのこと好きですからね」

桃香さんのフォローが身に沁みる。

「好きじゃないもん。仕方なくだもん」

夏帆は頰を膨らませ、周りはみんな笑顔になった。

女の子だったら俺が、男の子だったら夏帆が名前を決める約束だった。妊娠六ヶ月のころ、九分九厘女の子だということが判明して俺は頭を悩ませることになる。

一発で読めて、漢字変換にも苦労しない名前というのが最低条件だった。

「私に似るといいですね。准一さんに似たらかわいそう」

「女の子は親父に似るって言うぞ。俺に似て目が大きくて凜とした美少女になるに違いない」

「馬鹿なこと言う前に鏡見てください。あと早く名前考えて。まだ時間あるとか思ってたら生まれちゃいますよ」

夏帆はだいぶ目立つようになったお腹を撫でた。

「そうそう。考えたんだけど、夏帆から一字取って夏希（なつき）なんてどうかな。夏のように明るい未来に向けて希望溢れる人生を送れるように」

「夏帆ちゃんのようにかわいくなるように、を忘れてるのは惜しいですけど准一さんにしてはちゃんと考えてるみたいですね。でもこの子、冬生まれですからね。そういうとこポンコツなんだから」

結局は夏帆が名前を決めた。長女・菜月（なつき）。読みは俺の案を採用してくれた。それから三年後に生まれた長男・賢一（けんいち）。准一から一字取ってくれたのかと思いきや、「私のように一番賢くありますように」とのことだった。

夏帆は隔週の週末、公民館の一室を借りて書道教室を開いていた。儲けはほとんどないに等しい。趣味の延長のようなものだった。

毎回着物を着て出かける。どうやって着付けるのか見てみたかったのだが、夏帆は着付け中に必ず俺を部屋から追い出した。学生時代に先生に付いて習っていたらしく、襟や丈、おはしょり、帯がきちっとしているなという印象があった。和装に無知で何が正解か分からないので、あくまで印象だ。

　夏帆は菜月にも着物や浴衣の着方を教えていた。菜月が高校生になったとき、友達と浴衣を着て夏祭りに行くと言い出した。娘を迎えにきた同級生の浴衣が襟も丈も不格好で作り帯をプスッと刺しているだけだった一方、完璧に着付けた菜月。帯の折り返しがこだわりらしい。夏帆は浴衣の色に合った髪飾りを見繕っていた。

「ねーちゃん、彼氏できたんじゃね？　ダブルデートとか？」

　俺とマリオカートで熱戦を繰り広げている賢一が茶化すように言った。

「嘘、菜月彼氏いんの⁉」

「いや知らんけど。でもやけに化粧気合入ってんじゃん？　ねーちゃんけっこうモテてるらしいよ」

　手元が狂って、俺が操るヨッシーは海に一直線。賢一のルイージが悠々と抜き去っていった。

＊

――それから幾年月。

夏帆は定年を迎えても変わらず書道教室を続けていた。公民館を借りるのは止めて自宅の一室を使っている。午後三時を過ぎたころから、近所の小学生が書道道具を手に集まってきてにわかに騒がしくなる。俺は書道に関してはまったく使い物にならないので、子どもたちに飴をあげる係に徹していた。

ある日。

いつもどおり夏帆が着物を着ていたときのこと。

夏帆が俺を呼んだ。

「准一さん」

「何？」

相変わらず部屋から追い出されているので、扉越しに答えた。

「ちょっと来て？」

躊躇（ちゅうちょ）した。以前、着付けているところをどうしても見たくて部屋に乗り込んだことがある。夏帆は肌襦袢（はだじゅばん）姿で、それはもうめちゃくちゃ怒られた。

恐る恐る扉を開ける。

夏帆は鏡の前で着物を羽織り、帯を手に立ちすくんでいた。鏡

「准一さん、あのね。着付け、分かんなくなっちゃいました」

夏帆は今にも泣きそうな顔で、下唇を嚙みしめていた。


そのときは、ひとまずインターネットで着物の着付けを検索して夏帆に見せた。すると夏帆は「あっそっか」と何事もなかったかのようにするすると着物を纏う。

「ど忘れですかね。情けないです。ごめんね」

「いやいや、俺たちも歳だなぁ。まだ心はハタチなのに」

「それはヤバイです。もう少し歳相応の心になってください」

そして二人で大笑いした。なかったことにするかのように。

だが、いくら笑っても、鏡の前で呆然と立ちつくす夏帆の姿が脳裏にこびりついて離れなかった。


異変はこれだけでは終わらなかった。夏帆がシフォンケーキ作りに失敗した。失敗だけならまだいい。今までだって必ずしも毎回が絶品ケーキだったわけではない。問題は、失敗したことに気づいていなかったことだ。まったく膨らんでおらず、黒く焦げている。それを「久々の創作活動です。お茶淹れるから一緒に食べましょ？　ダージリン、アッサム、アダージオ、ピーチメルバ、玉ねぎの皮茶ありますけどどれがいい？」とニコニコ顔で持ってきた。

　一瞬言葉が出なかった。

「……えと……あーそうだなぁ！　ダージリンにしよっかな！　俺が淹れるから座ってな。あとシフォンケーキ切るから貸して？」

「お茶っ葉、下の棚に入ってます」

急いでケーキの載った皿を受け取り台所に向かう。自分が何を作ってしまったのか夏帆に気づかせるわけにはいかなかった。着付けができなかったときの夏帆の絶望的な表情。あの表情だけはもう見たくない。

　ケトルに水を入れて沸かす。

ティーポットにダージリンの茶葉を適当に入れた。

「くっ……」

入れながら、ティーポットの脇にポタポタと雫が落ちた。

いかん。俺が泣いてどうする。顔を上げて、バシャバシャと顔を洗う。目を腫らしては戻れない。

　そして、躊躇（ためら）いなくシフォンケーキにかぶりついた。

トレイにティーポットとカップ二つだけを載せて部屋に戻る。

「お待たせ致しましたマダム」

仰々しくお辞儀をし、カップにダージリンを注いだ。

「どう？　淹れ過ぎとかない？」

「ううん。美味しいですよ。ありがとうございます」

午後のティータイム。穏やかなひと時だった。

夏帆は結局、テーブルにシフォンケーキが戻らなかったことについてはまったく触れてこなかった。


数日後、俺は娘夫婦の家を訪ねた。菜月に着付けを教わるためだ。「夏帆が手を怪我したから着付けを手伝わないといけない」ということにした。突然上手くなって夏帆を驚かせたいから、俺がここに来たことは言うなと念を押す。

菜月を練習台に何度も繰り返した。それっぽくはできるようになった。

「別にお父さんが完璧にできなくても、細かいとこはお母さん自分でやるだろうし。これくらいできれば合格じゃない？」

とのことだ。

またある日、俺は夏帆を料理教室に誘った。

「どういう風の吹き回しですか？　雨が降るのであんまり珍しいこと言わないでください」

「定年になって暇でさ。何かやりたいと思って。どうせなら一緒に習わない？」

「そうですね。私もレパートリー増やしたいと思ってたので、行ってみましょうか。それにあなた、私より絶対長生きするって宣言してましたもんね。ちゃんとしたの作れないと私がいなくなったあと困りますからね」

こうして俺はどうにか着付けと料理ができるようになった。

もしも夏帆が着物の着方を忘れてしまっても、俺が着せてやれる。着物姿の夏帆の笑顔が頭に浮かんだ。

もしも夏帆が料理を作れなくなってしまっても、俺が食べさせてやれる。美味しい、と嬉しそうに食べる夏帆を想像する。

それだけじゃない。

夏帆ができなくなったことは全部俺が代わりにやればいい。

夏帆が忘れてしまったことは俺が覚えておく。

夏帆がどこかに行ってしまわないように、昔のように追いかけて手を繋ごう。

夏帆が子どもたちのことを分からなくなってしまっても、菜月や賢一にとっては美人で料理上手で時に厳しく時にユーモア全開な最高の母親であり続けるだろう。

そして。

もしも夏帆が俺を忘れてしまっても。

俺が夏帆を愛し続けるから大丈夫だ。

*

「准一さん、病院連れてってください」

夏帆が言った。

ついに来たかと思った。

「この本、四冊目でした。私おかしいみたいです」

夏帆は料理本を三冊テーブルに並べ、鞄から今日買ってきたばかりの本を取り出す。

計四冊、全て同じ本だった。

進行を抑える薬を処方してもらった。

根本的な治療法は未だにない。そんなことは医者から説明されるまでもなく、俺も夏帆も分かっていた。伊達に医療系学部を出てはいない。

「こんなことになっちゃってすみません。てか今までもいろいろやらかしてたんじゃないですか？　私が気づいてなかっただけで」

夏帆が布団の中で言った。

「いや？　夏帆はちゃんと夏帆だった」

開けてくれた布団の左側に潜り込む。付き合い始めのころから、俺たちは一緒の布団で寝ていた。

夏帆が俺の右腕に触れた。

「……ごめんなさい」

夏帆が謝ることじゃない。

「今まで当たり前にできてたことがだんだんできなくなると思います。迷惑もかけると思います。どっかにふらっと行っちゃうかもしれません」

徐々に嗚咽混じりになっていく。

そんなこと、とっくに全部考えた。

「それでも、准一さんは私を……」

「愛してるに決まってるだろ」

「だって‼」

夏帆は俺の右腕を摑んで叫んだ。

「私はあなたのことを忘れちゃう！　あなたと一緒にいた時間を忘れちゃう‼　あなたに愛されてたことを忘れちゃう!!!」

「それでもおれが夏帆を愛してる！」

「私が忘れたくないの！　怖いの！　私が私じゃなくなってしまうのが怖い。あなたのことを好きになって、あなたに愛されてるなぁって実感して、あなたを忘れたくないって叫んでる私は、今ここにいる私は！　どこに行くの⁉」

「夏帆はどこにも行かない！　夏帆は夏帆だ。俺もどこにも行かない。約束しただろ！」

約束したんだ。

遥か昔。夏帆がまだ学生だった時代——

＊

「俺、絶対夏帆より長生きするから」

「いきなり何よ。私に早死にしろと？」

「あなたのこれからの人生全て、俺はちゃんと追いかけ続けるから。夏帆を一人で遺していなくなったりしない。寂しい思いをさせたりしない」

俺の生きている限りでは意味がない。夏帆が生きている限り、俺は夏帆のそばで愛し続けてみせよう。

「でも、女性のほうが男性より寿命長いし、そもそも齋藤さんのほうが歳上だし」

「それでも俺は夏帆より長生きする。死にそうになったら気合で何とかする」

「私がおばあちゃんになって、ボケて齋藤さんのこと忘れちゃったら？　誰この変な虫、ってなったら？」

「そしたら――」

「ルイボスティ、私大好きなんです」

＊

リクエストどおりあったかいルイボスティ。

「出汁巻き玉子も美味しいですね。料理お上手なんですね。羨ましい」

ルイボスティ、昔あなたがよく淹れてくれてたんだよ。出汁巻き玉子はあなたが教えてくれたんだよ。そう言いたかった。あなたは料理上手で俺を下僕にして楽しく台所に立っていたんだよ。そう言いたい。でも、もしそれを伝えると今の夏帆は困惑してしまうだろう。

「ねぇ」

テレビを眺めている夏帆の横顔に声をかけた。夏帆が、私？　という感じに少し首を傾げながら振り向いて、白髪混じりの、しかし艶やかな長髪がふわりと揺れた。

『私がおばあちゃんになって、ボケて齋藤さんのこと忘れちゃったら？』

約束したんだ。

特別な日。今日もあなたにプロポーズする。

夏帆が俺のことを忘れてしまっても、俺が毎日一目惚れする。夏帆にまた俺のことを好きになってもらうよう、俺は生涯夏帆を愛する。

「結婚しよ？」

始まったときと同じように、俺たちは毎日やり直す。違うのはただ一つ、抱きしめながらのプロポーズ。これくらいはどうか許してほしい。

「お断りします」

始まったときと同じように、夏帆は毎日答える。違うのはただ一つ、無意識なのかかすかな記憶なのか、夏帆が俺の背中に腕を回してくれることだった。

38℃に想いを込めて

深山琴子

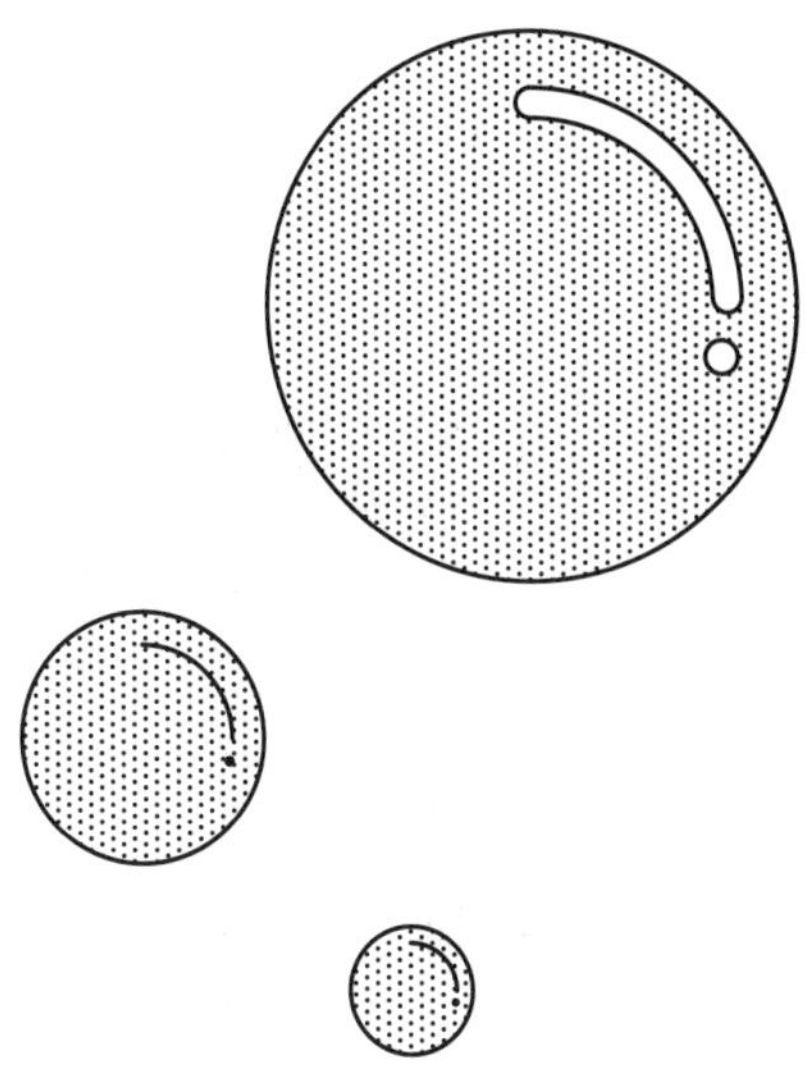

私は一日一回、橋本家の水質調査員になる。

湯船に真新しい水を張り、追い焚きをして三十分。古いステンレスの浴槽をぐるりと見渡す。汚れなし。今日もお湯は透明だ。

そこに、ドラッグストアで買ってきたビタミンCの粉末を少々投入。これで水道水の中の塩素が除去されるのだという。そして最後に湯温計が38℃を示しているのを確認し、任務完了。少しぬるめの、我が家のお風呂の出来上がり。

……ドアの開け方ひとつで誰が帰ってきたのかが分かるのは、主婦の職業病だろうか。

そんなことを思いながら、ふと聞こえた玄関の音に耳を澄ませる。幼稚園児のようなバタバタとした足音。やっと帰ってきたなとほっとしながら、私はお風呂場をあとにする。

時刻はすでに二十三時を過ぎていた。

今日は夕方には帰ると言っていたのに、ずいぶんと遅いご帰宅だ。また大方、バイトをサボった誰かの代わりに残業を志願したのだろう。

そろりと居間を覗くと、真由子がショルダーバッグを肩に掛けたまま倒れていた。

「おかえり。大丈夫？　ご飯食べる？　お風呂も今ちょうどいい湯加減だよ」

そう声を掛ける。しかし真由子はラグの上でうつ伏せになったまま動かない。相当疲れているようだ。

ご飯が先かしら、と台所に向かおうとしたところで、後ろから声がした。

「……お母さん！」

振り返ると、真由子は仰向けに回転した。

薄いアイメイクとチークはこの時間帯でも崩れていない。表情も元気そうで、少し安心する。

「先にお風呂、入らせていただきます」

＊

この世は不公平だ。

そう思ったのは、忘れもしない十四年前——私が二十八歳の夏の日のこと。

失踪した姉のアパートのドアを開けると、同時にむんとした蒸し暑い空気が吹き出してきた。

そしてあとから襲ってきた腐臭に息を止める。真昼間から閉め切られたカーテンは、断熱するどころか沸騰した外気をそのまま室内に閉じ込めているように感じた。

口元を押さえながら、空き缶やお菓子の袋をかき分け進む。ワンルームの奥の部屋になんとかたどり着くと、薄暗い室内を見渡した。カーテンの隙間から差し込んだ陽光にちらちらと埃が舞っているのを見て、思わず小さく咳をする。

その部屋の隅を見てはっとした。

そこにはゴミの山に囲まれた、四歳の真由子が倒れていた。

「なんだ、真由子はもうバイトか?」

日曜の朝、順一(じゅんいち)はお昼より少し前に起きてきた。

ふわと欠伸(あくび)をし、ソファーに腰を掛ける。その後頭部が私の視界に入ってはいたが、

私は掃除機を持ったままテレビから目を離せなくなっていた。順一はそんな私をしば

らく見つめると、私の代わりにソファーの横に置いておいた籠の中の服を畳み始める。

テレビでは、ワイドショーが『母親の育児放棄、二歳女児死亡』のニュースを取り上げていた。

——母親はゲームに夢中で、十分な食事を与えず……。

——部屋は汚物に塗れ……。

事件の概要が説明されたあと、長机に並んだコメンテーターたちが薄っぺらい見解を述べる。あらかた議論が済み、若いタレントが最後にひと笑いを起こしたところで話題はあっさりと次のものへと移った。

私は気を取り直し、また掃除機をかけようとした。

だが、スイッチが押せない。気力が吸い取られてしまったかのように、力が入らない。

「……明枝」

順一が服を畳みながら、小さく声を掛けてくる。

〝かわいそうに〟

何度も真由子に浴びせられた言葉を思い出す。

その言葉を投げかけられるたびに、真由子が愛想笑いをしていたのを知っている。

心の中で泣いていたのを知っている。

……何が、かわいそうよ。勝手なこと言わないで。

何度その言葉を飲み込んだか分からない。

真由子はいつも「私は大丈夫だから、何も言わないで」と言うから。私はどうすることもできなかった。

たまに友達のように懐っこく腕を組んでくる真由子を、ただ静かに見守ることしかできない。無力だと感じる。

順一がテレビを消したところで、私はようやく正気に戻った。

「……そう。今日も一日コンビニのレジ打ちなんだって」

掃除機を足元に転がし、順一の横に座る。彼の手が、慰めるようにポンポンと私の肩を叩いた。

「そうか。ここのところ毎日だなあ。あいつ、体壊すんじゃないのか」

「そうなの……。でも、春休みのうちに稼ぎたいって言って聞かなくて」

順一はううんと唸る。

真由子はこの春高校を卒業し、専門学校に通い始める。

ここからでは距離があるので、学校の近くに部屋を借りた。引っ越しまであと一週間。真由子は「学費と引っ越し代の足しに」と言ってひたすらに働いていた。

「……貯金、ないわけじゃないんだろ？　少しは休ませたら？」

その言葉にため息をつく。

洗濯物籠の中から真由子のブラウスを取った。服はもうあらかた段ボール箱にしまったと聞いていたが、まだ一着残っていたらしい。

レース編みのかわいらしい服だったが、何度も洗ったせいでよれかけているそれを見つめていると、切ない気持ちになった。

「私もそう言ったよ。でもあの子、頑なの。こんなときのために切り詰めて貯めたお金なのにね。……もしかして節約し過ぎたせいで、すごく貧乏なんだって思われてるのかな。それで気を遣われてるのかも……」

うちは決して裕福ではないが、真由子をバイト漬けにするほど貧乏でもない。せっかくの高校最後の春休みなのだから、もう少し満喫してほしかった。でも真由子は笑顔で首を振る。いつも明るい真由子の、その裏に隠された気遣いを感じてしまう。

〝私は大丈夫だから、何も言わないで〟

あの言葉も、そう。

私はこれまであの子をずっと自分の娘として育ててきた。でも、あの子には何か思うところがあったのだろうか。お母さん、お父さんと呼んでくれるのも、私たちにただ配慮しているだけなのだろうか。

「気を遣ってるって……真由子が？」

順一が、はは、と笑った。しかしその顔を盗み見ると、真剣な表情をしている。ショックを受けているようだ。

親として、子どもが素直に甘えてくれないのは辛いものがある。

あの子をうまく支えることができない……ただ見守ることしかできない。

……私たちが本当の両親じゃないから、うまくいかないのだろうか？

「ごめん、冗談」と言って順一の肩を叩き返してみたが、心の靄(もや)は晴れないままだった。

＊

優しい湯気が肌を覆う。

温かな空気に包まれながら、私は今夜もお湯のチェックをしていた。

私のいつものルーティンワーク。真由子を一番風呂に入れるため、私は毎日夕方にお風呂の用意をし始める。

真由子には、お湯が一番綺麗なうちに入ってもらいたかった。そのあとに私か順一が入るので、真由子はいつも早めの、晩ご飯の前に入るのが恒例となった。

湯温計を見ると、少し熱めの40℃。また真由子が残業して遅くならなければ、帰ってきたころにはいい湯加減になっているだろう。

脱衣所へ出て、ふと足元に一枚の紙が落ちているのに気づいた。

真由子がまだ四歳だったころ、私が書いたメモだ。忘れないように棚に置いていたのが何かの拍子に落ちたのだろう。懐かしいな、と思いながらそれを拾い、読み返す。

お湯は塩素を除去すること。
湯船に浸かるのは十五分までとすること。
石けんやシャンプーは無添加の物を買うこと。
お風呂のお湯は、38℃。

それが、我が家のお風呂の掟。いや、真由子のお風呂の掟。もう今は当たり前にしている数々のことが、当時はなかなか覚えられなかったことを思い出す。

そんなことを考えていると、ちょうどいいタイミングで玄関のほうから音がした。真由子だろう。

しかし、いつもの慌ただしいドアの開け方ではなかった。

ゆっくりとドアが閉められ、ごそごそと静かに靴を脱ぐ。そしてふと落ちる静寂。私も思わず静かに様子を窺う。

それでも、玄関にいるその人物は、先ほどスーパーに醤油を買いに出かけた順一ではないと思った。

廊下へ出ると、真由子が力なく歩いてきた。

ただいまの言葉もなく、ショルダーバッグを掛けたまま洗面所へと進む。その思い詰めた表情に、私は思わずあとを追った。

真由子は鏡の前で、じっと自分の顔を見つめていた。

「どうしたの？」

恐る恐る聞くと、今にも泣き出しそうな顔がこちらを向いた。

「何でもない……」

そう言いながらも、がくりと項垂れる。何でもないという様子ではない。

過保護かなあと思いつつ真由子に近寄ると、彼女は諦めたように顎を指差した。

「……ニキビ？」

指の先を確かめてそう聞くと、真由子はいかにも残念そうに大きく息を吐く。私はつい、なんだとつぶやくと、真由子は激しく怒り出した。

「なんだじゃないよー！　私にとっては大事件なの！」

「大丈夫だよ、そのくらい。私の若いころなんてもっと酷かった」

「イヤ！　私はイヤなの！」

叫びながら首を振る。そしてまた鏡との睨めっこを再開した。

「……そうよね」

軽々しく言い過ぎた。私もため息が出てしまう。

真由子が春から通うのは、美容専門学校。

化粧が好きな彼女は、将来メイクアップアーティストになりたいのだそうだ。普段から自分のメイクを研究するとともに、肌の労わり方の勉強もしていた。

食事、運動、お風呂に保湿ケア。思春期の子にニキビができるのはよくあることだが、ずっと自分の肌を大切にしてきた真由子にとっては一大事なのだろう。

真由子は鏡を見つめ続ける。

しかし私には、どうすることもできない。

「……もうすぐご飯できるからね。先にお風呂入っちゃいなさい」

私にできるのは、見守ることだけ。

これでいいのだろうか、と自分に問う。しかし答えなど出ない。

真由子は少しだけ笑顔を取り戻すと、小さくうなずいた。

*

その日以降も、真由子は働き続けた。

コンビニのシフトがない日は短期のアルバイトを詰め込んでいるようだった。春休みに入ってからもう二週間、休みなく働いている。本当に大丈夫だろうか。そう思っても、夜は夜で真由子は自分の部屋を片付けたりしているものだからゆっくりと話をする時間もなかった。

「なんだ、真由子はまだバイトか」

順一が夕方の散歩から帰ってきて、淋しそうにぼやく。しかし私の作る料理を見て、今日は豪華だなあ、と少しだけ表情を明るくさせた。

真由子の引っ越しは明日だ。最後のご飯となる今夜は、真由子の好物を揃えていた。

「んー、たぶんそろそろ……あ、ほら。帰ってきた」

ガチャリと勢いよくドアが開けられる音。バタバタと走る音に、私たちは顔を見合わせる。真由子がこちらに顔を出すと、順一が先陣を切った。

「おかえり。真由子、テレビ見ようぜ。お前の好きなバラエティ始まるぞ」

「ただいま。……あー、やったあ、今日すき焼きだ！　お腹空いたあ」

「おかえりなさい。ごめんね、まだちょっと時間かかるよ。お風呂沸いてるけど、先入る？」

お風呂入るーと言って真由子は自分の部屋へと引っ込んでいった。順一が、恋人に振られた中学生のような顔をしている。余計なことを言ってしまったかしら、と心の中で順一に謝罪をしつつ、私は白菜を刻んだ。

こうして真由子にご飯を作るのも、これが最後。

しばらくは帰ってこないだろう。一抹の淋しさが過ぎる。でも、これでいい。子どもは巣立っていくものだ。四歳の真由子を引き取ると決めたその日から、今日という日が来ることは分かっていた。

……真由子はこの家に来て、幸せだっただろうか。

ふと、包丁を動かす手を止める。

『好きな人ができたの』と書かれた手紙と、アパートの鍵を残して消えた姉。私はその行方を探そうとはしなかった。あの薄汚れたアパートの部屋を見て、真由子を姉の元に返そうという気は起きなかった。

だけれど結局、私は何もできなかったように思う。

母親として、真由子をうまく支えられなかった。ただ見ているだけ。頑張っている真由子をただ、見守っているだけ。

私のあの日の選択は、真由子にとって幸せなものだったのだろうか。今でも分からない。

「お母さーん」

晩ご飯の準備が終わったところで、お風呂場のほうから声がした。

脱衣所の間仕切りカーテンは閉められたままだが、その向こうに真由子の気配がする。もうお風呂から上がったらしい。私はカーテンの向こうに声を掛けた。

「何？　バスタオル忘れた？」

「ううん。ちょっと開けてー」

開けるわよー、と呼びかけつつカーテンを開ける。

そこには、腰に手を当てて立つ真由子の姿があった。

バスタオルと、頭にはタオルターバンを巻いている。その格好で、服を宣伝するマネキンのようにゆっくりと一回転してみせた。

私は訳も分からずその様子を見つめる。しかし真由子がまた正面を向き、両腕を私の前に差し出した瞬間、その意味が分かった。

まだ湯気が出ている、つるりとした両腕。

その肌は綺麗で、かつて血みどろだった形跡などどこにもない。

「最後にね、この十四年間の集大成を見てほしかったの！　……残念ながら、顔のニキビは治らなかったけど」


〝かわいそうに〟

十四年前。

真っ赤に腫れ上がった幼い少女の顔を見ては、周りの人々は口々にそう言った。

ダニやハウスダストが溜まった劣悪な環境で暮らしていた真由子は、重度の皮膚炎になっていた。顔、耳、首、手脚の関節。常に掻きむしっていたその肌は赤く爛れ、会う人会う人の同情を誘った。

……何が、かわいそうよ。

私の子はかわいそうなんかじゃない。〝かわいい〟のよ。

こんなにかわいい子を捕まえて、かわいそう、かわいそうって……。他に言う言葉はないの?

酷いわ……。

いつも、そう思っていた。そんな人々に笑顔を返す真由子を見ては、涙が出そうになった。一人で夜な夜な洗面台の鏡を見つめる真由子を見ては、悲しみに暮れた。

でも、今は違う。

綺麗な腕はその痕跡を残していない。首も、脚も。よく見ると少し肌の表面がごわついているけれど、言われないと分からないくらいのものだ。

「よく頑張ったね」

私は思わず涙ぐんだ。

彼女の努力を知っていたから。

医師と相談し、さまざまな薬や保湿剤を試した。友達に誘われてもファストフードやお菓子は食べず、口にするものは全て体にいいものを選んだ。遊びたい年ごろでも絶対に夜更かしをせず、肌の回復のために十分に睡眠を取った。

今こうして肌に優しい化粧品を探して自分を彩ることができているのも、彼女自身の努力の結果だ。

真由子はうなずくと、私の手を握った。

「お母さんが、いろいろ手伝ってくれたからさ……。今お風呂に入っててね、なんか普通にお風呂に浸かれてることが幸せだなあって思ったんだ。……十四年間、ありがとね」

思いがけないその言葉に、私は一瞬、声を失う。

お風呂のお湯は、38℃。

十四年前に決めた、うちのお風呂の温度。

……弱った肌は、ぬるめのお湯じゃないと体温が上がり過ぎて痒みが出てしまうから。

痒くて辛くて、真由子は小さいころお風呂をひどく嫌がっていた。お湯に浸かることは真由子にとって大きな負担だった。私はそんな真由子を見て、さまざまな治療方法を試し始めた。

……そう。それは私が、唯一真由子にしてあげられたことかもしれない。

辛く苦しいお風呂の時間を、幸せな時間に変えられるように。当たり前の幸せを、当たり前に感じられるように。治療法について学び、勉強しては実行し続けた。

……私にも、貴方のためにできたことがあったんだね。

思わず涙を拭う。

よかった。

貴方の小さな幸せが、私の大きな幸せだよ。

「真由子ー、お前の好きな歌番組始まったぞ」

順一が居間から呼びかけてくる。

淋しいのだろう。家族団欒の晩ご飯は今日でひとまず最後なのだ。

真由子がはーいと声を返す。

「あーあ、やっぱり淋しくなっちゃうな。せっかく今日までバイト入れて、親離れの準備してきたのに。仲よくご飯なんか食べたら絶対明日からホームシックになっちゃう」

そう言ってしかめっ面をすると、着替えるね、と言って真由子はカーテンを閉めた。

真由子は本当はパパっ子なのだ。ずっと強がっていたのか、と思わず笑う。

「……いいよ。淋しくなったら、帰ってきなさい」

私もいまいち子離れできないな、と思う。

カーテンの向こうで、はーいと真由子が返事をした。

ひじきのこころ

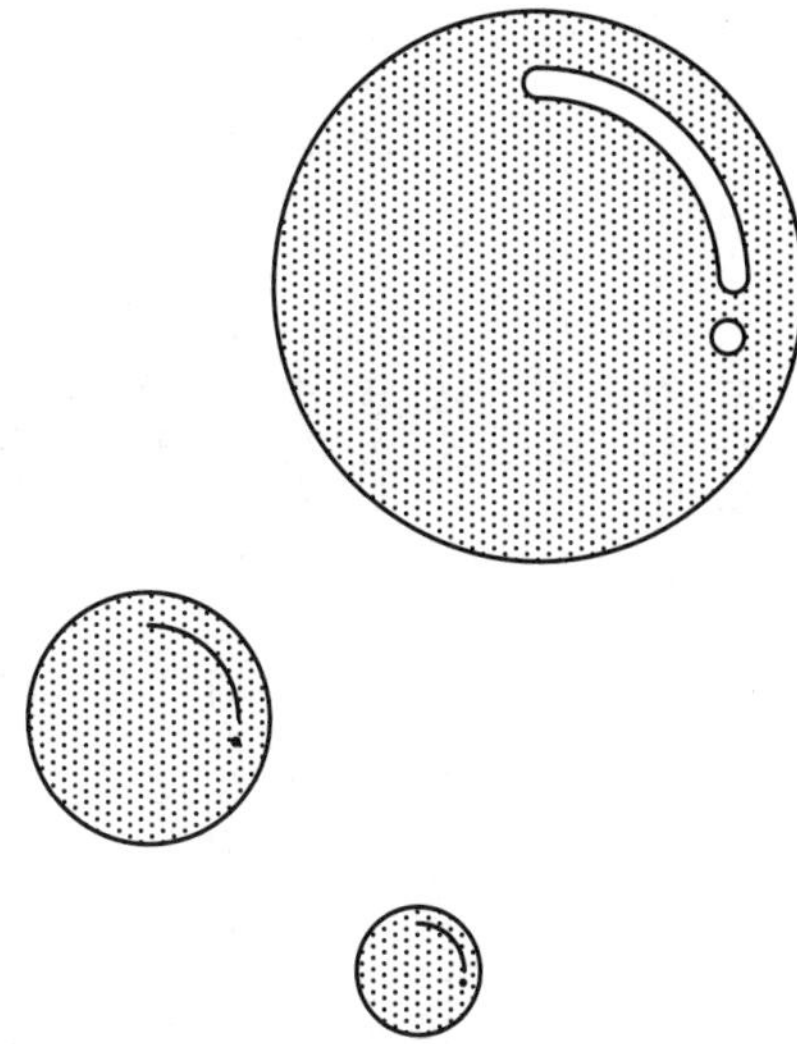

まどろみなも

ぼくは賢い。どのくらい賢いかというと、まどの外が明るくなってちいちゃんが起きてきて「おはよう」ということを知っているくらい賢い。

ぼくはカーテンをくわえて左側へ引っ張った。まどの外では、はしっこが見えないくらいおおきな月が浮かんで、この家を照らしていた。ぼくは目を細めながらよおく月を見る。そこではウサギがもちつきをしていて、できたもちを冬に雪として降らすとちいちゃんが教えてくれた。今日もウサギはもちつきをしているし、今はあったかい春だからもちもちも降ってこない。ちいちゃんはいつもぼくにやさしくいろんなことを教えてくれた。

「ひじき」

ちいちゃんはいつもぼくのことを呼ぶ。「ひじき」の意味はわからないが、きっと素敵な意味だ。だってこんなにも、心があったかくなるんだ。

「ちいちゃん」
　ぼくはお返しにちいちゃんを呼ぶ。ちいちゃんはぼくの頭を両手でわしゃわしゃとかきまぜて、にこおと笑顔を見せてくれる。ちいちゃんのこの顔が、ぼくは一番好きだ。白くて大きな歯を見せて、口のはしをにいとあげる。この顔が見たいから、ぼくはいつもちいちゃんを呼ぶ。ちいちゃん。ちいちゃん。

　ぼくがこの家に来たのは今からずっと前、ちいちゃんが赤い大きなカバンを背負っていたころのこと。ぼくはあの赤いカバンも大好きだった。とにかくつるつるとしていて、触るとひんやりとつめたいそれは、ちいちゃんに毎日背負われてでかけていった。そういえば、あれはどこにいったんだろう。ちかごろはめっきり見なくなった。ちいちゃんが使わないなら、ぼくがなかに入って遊びたかったなあ。なかにはいっつもたくさんの本が入っていて、ぼくが入る隙間なんてなかった。あれは、どこにいったんだろう。

　ぼくの家は、ママとパパとちいちゃんとぼくの、四人ぐらしだった。ママはいつもエプロンをつけて、こわあい火をあつかう仕事をしていた。ずっと冷蔵庫と火の間をいったりきたりしているから、そこが大好きなんだと思う。パパはあまり家にいない。家が好きじゃないかと言われれば、そうじゃない。外では家族のためにいっぱいおじぎをしていることをぼくは知っている。家のなかでも四角い機械に話しかけてはおじぎをしているから、パパはおじぎをすることが大好きなんだ。

そしてちいちゃん。ちいちゃんは今ではおっきくなって、ママと同じくらいの背になった。毎日リュックをしょってどこかへでかけている。ぼくはちいちゃんが帰ってくることがうれしくてうれしくて、夕方になるといつも玄関の前にいって待ってしまう。ドアが開くと飛び跳ねるぼくを笑って、

「ただいま」

って言うから、ぼくもママと一緒に、

「おかえり」

って言う。

ちいちゃんとぼくのしゃべる言葉はちょっと違うけど、なんて言っているのかはわかるんだ。

ある日、ちいちゃんとママが「またけんか」をしていた。「またけんか」はときど

き起こる。パパはそれをみて「またけんかだ」というから、ぼくも「『またけんかだ』ね」という。またけんかはとってもこわい。ちいちゃんはいつものちいちゃんだけど、ママはいつものママじゃなくなるからだ。まるで、いつかテレビでみた「こおに」のように顔を真っ赤にしてしゃべるんだ。

「あんたはいつもスマホばっかりして。昨日は何時に寝たの！」

「覚えてないよ。十二時過ぎじゃない」

「十二時過ぎって一時も二時も十二時過ぎよ。またようくんと電話してたんでしょう」

「してないよ」

「ようくん」がなんなのかぼくにはわからないが、ちいちゃんが寝るのはいつも時計が二回目のおやつの時間になるころだ。ちいちゃんは毎日あたりが暗くなって、ママとパパがお部屋にかえると、二回目のおやつの時間まで四角い機械とおしゃべりをしている。そのときのちいちゃんはおふとんのなかでとってもいさくなって、ときどきもじもじと体を動かしてはお得意の笑顔になったりと、なんだか忙しい。ぼくはそんなちいちゃんも大好きだから、いっしょにおふとんに入って、ちいちゃんがもじもじするとぼくももじもじとしてみたりする。きっとそういう遊びなんだ。ちいちゃんの体温とぼくの体温で、おふとんの中はとても気持ちいい。二回目のおやつの時間になるとちいちゃんはおしゃべりをやめてすうすうと寝息をたて始める。ぼくはちいちゃんの寝顔を確認してから眠りにつく。正直ちょっと眠たいけど、ちいちゃんを毎日まもるためだ。しょうがない。

「おはよう」がくるとぼくはもごもごとおふとんからでる。なかなか起きないちいちゃんのために、ぼくは部屋のなかをかけまわって「おはよう！　おはよう！」というのが日課だ。「おはよう」といって「おはよう」を毎日みんなで祝うことをぼくは知っている。ぼくはそれがとっても楽しい。「おはよう」がくることはとってもうれしいことだ。それはあたりが明るくなると毎日みんなでやることだから、ぼくは毎日しあわせだ。

「げ、もう八時？」

ちいちゃんは時計に話しかけてから、ぼくを飛びこえてリビングにむかった。ぼくは急いでそのあとを追う。ちいちゃんはもうパンを口にくわえていたが、ぼくをみると「おはようひじき」といった。なんてことだ。「おはよう」と「ひじき」がいっしょになっている。ぼくはよろこんで「おはようひじき」と返す。

「朝から元気ねえ」

ママがそういうと、ぼくのごはんを床においた。ぼくもちいちゃんのようにパンを食べてみたいけど、パンをもらったことは一度もない。でも、このごはんも大好きだからぼくはぺろりとたいらげてしまった。

そんなことをしているうちに、ちいちゃんはいつもの服にきがえてリュックを背負っていた。きっと毎日同じところにいくんだ。どこにいってるのかはわからないけど、ちいちゃんがちいさいころはよくそこからゆきちゃんやこうちゃんをつれて帰ってきた。こうちゃんはぼくのしっぽを摑むからあんまり好きじゃないけれど、ゆきちゃんはぼくをいっぱい撫でてくれるから大好きだ。ぼくが撫でられてうれしいところをゆきちゃんはよく知っている。なんでかはわからないけど、ゆきちゃんの手はすごくやわらかいからきもちいい。でもやっぱり、一番好きなのはちいちゃんだ。きっと今も、ちいちゃんが通うところにはゆきちゃんやこうちゃんがいて、いっしょに遊んでいるんだろう。

「いってきます！」

玄関から声がきこえた。ぼくは急いで玄関に走る。おみおくりはぼくの仕事だ。ばたん。玄関はおおきな音をたてて閉まるところだった。ああ、おそかった。悲しいけど、またすぐ帰ってくるから会えることをぼくはよおく知っていた。ちいちゃんが帰ってきたらなにをして遊ぼう。最近パパにボールをもらったから、それをちいちゃんになげてもらおう。

たのしみだ。ぼくはリビングにボールをさがしにいった。

「ただいまー」

ぼくがリビングで寝ていると、ちいちゃんが帰ってきた。急いで玄関に走る。

「お、犬だ」

知らない人がいる。

「だ、誰だ！　誰がこの家に入っていいっていった！」

ぼくはこのどろぼうに向かって大声で叫ぶ。知らない人が家に入ってくることを「どろぼう」ということをちいちゃんに聞いたことがある。どろぼうを退治するのがぼくの仕事だ。

「あ、ひじき、ただいま」

なんてことだ。どろぼうのうしろにちいちゃんがいる。ぼくはうれしいのかこわいのか、追い払わなきゃという気持ちで「おかえり！」と叫びながらちいちゃんとどろぼうのまわりをまわった。

「はは、ひじきだいじょうぶだよ。これはようくん」

ちいちゃんがどろぼうの肩をさわって笑った。

「こんにちは」

どろぼうはぼくの前でしゃがんで、ぼくを触ろうとした。ぼくはとりあえず「ううう」といって自慢のきばを見せた。毎日かたい骨をかんできたえてるんだ。こわいだろう。

「ちひろ、嫌われちゃったんだけど」

「大丈夫、すぐ慣れるよ。ようくんこっち」

ちいちゃんはそういってリュックをしょったまま階段を上がろうとする。ようくんと呼ばれたどろぼうは、

「またね」

とぼくにいってちいちゃんについていった。ぼくもうしろをついていく。

廊下のとちゅうでリビングに向かって、

「ただいま、上あがるから」

とちいちゃんはいうと、エプロン姿のママがでてきて「まあ」とわざとらしくおどろき笑顔をつくった。

「おじゃましてます、井崎(いざき)です」

ようくんは丁寧にママに向かっておじぎをした。礼儀正しいどろぼうだ。

ママは急にぼくを抱えて、

「あとでケーキ持っていくから」

といった。ふたりが二階にいってしまう。ママには悪いが、腕のなかでぐりぐりと身をよじってぼくは床におちた。急いで階段をのぼって、ふたりが入ったちいちゃんの部屋に、ぼくもすべりこむ。

「ついてきちゃった、かわいいなあ」

ぼくを見てようくんは笑った。

「気にしないでいいよ」

ちいちゃんは椅子のしたにリュックを置くと、リュックのなかからふでばこと本を取りだしてテーブルに置いた。ようくんもそれにならってリュックから本とボールペンを取りだす。ぼくはリュックを持ってないから仲間に入れそうもなく、部屋のベッドのわきにあるぼく用のクッションにすわった。

眠くなってきた。さっきからずっとふたりはしゃべらずに本に向かってなにかを書いていた。ときどきようくんが顔をあげてちいちゃんを見て、ちいちゃんが顔をあげるとようくんが顔をさげた。ぼくもとりあえず顔をあげたりさげたりしてみるけど、この遊びはなんてつまらないんだろう。

ぴぴぴぴぴ、とテーブルに置いてあった四角い機械がなった。

「うーん」

ふたりして背伸びをしたので、ちいちゃんとようくんは顔を見合わせて笑った。ぼくもなんだかおもしろくて笑った。ちいちゃんは立ち上がると、いつもよりきれいにしてあるベッドに座り、枕元においてある本をとった。

「これまりに借りたの。めっちゃおもしろかった、読んでみる?」

ようくんはおもむろに立ち上がり、ちいちゃんのとなりに座る。ぼくもいつものとおりベッドにあがり、ちいちゃんにぴたっとくっついて座った。なぜかふたりが笑う。

「わりこまれた」

ようくんはそういうとぼくの頭をふわふわと撫でた。意外とうまい。

「ひじきおいで」

ちいちゃんに呼ばれたのでよろこんでちいちゃんのひざに横になると、そのまま抱きかかえられた。やっと遊んでくれるんだ。ぼくはわくわくしているとちいちゃんは立ち上がり、ぼくをドアから外にだして床にそっと置いた。

「ごめんね、ひじき。夜遊んであげるからね」

そういうとちいちゃんはドアをしめてしまった。

ぼくは呆然となってしばらくドアの前に座っていたが、なんだか悲しくなってゆっくり一階に降りた。リビングにもあるぼく用のクッションにまるくなって考える。すごく悲しい気分だ。そして、少しようくんがきらいになった。ちいちゃんのことはきらいにならない。でも、ちいちゃんのことを考えると悲しくて、すこし涙がでそうだった。

それからもちいちゃんは変わらなかった。変わらずぼくと遊んでくれるし、二回目のおやつの時間までのおしゃべりも毎日していた。変わったのは、ぼくのほうだった。ちいちゃんがすうすうと寝息をたてている。ぼくはちいちゃんの枕の横に座っていた。ちいちゃんの寝顔はテレビで見た「赤ちゃん」みたいで、みているとこころがあったかくなった。でも、なんだかこころのなかが変だった。あったかいおふとんみたいな気持ちのなかに、雨が降っているところがある。その場所は、ちいちゃんの顔を見ているうちに、どんどんと広く、おおきくなっていった。

ぼくは目をとじて、その雨の場所にいった。みあげると雲がきらきらとひかってい て、遠くのほうに虹がかかっていた。それはとってもきれいで、ずっとみていたかった。でもつめたい雨はふったまま。つめたすぎるのか、ぼくのむねのあたりがちくちくとする。こころが変だ。今までこんなことはなかった。そんなことを考えているうちに、ぼくはいつの間にか眠っていた。

今日も「おはよう」がくる。ずっとこころに雨はふったままだったが、おはようはいつもまぶしく、ぼくの気持ちをあかるくしてくれた。

「おはよう！　おはよう！」

ぼくはいつものとおり部屋のなかをくるくるとまわる。

「おはようひじき」

「おはよう」と「ひじき」だ。とってもうれしいはずなのに、ぼくのこころはきゅうっとだれかにしぼられるようだった。

「ちいちゃん」

と呼んでみた。

「ん？」

とちいちゃんはこっちを見る。ちいちゃんには、ぼくの言葉がわかっている。

「ちいちゃん、最近なんか、くるしいんだ。ちいちゃんのかおをみるとね、つらいんだ。こころにずっと雨がふっていて、虹がかかっている。でもね、その虹は、とってもきれいなんだ！」

ちいちゃんはふわと笑うと、ぼくの頭を撫でてくれた。

「そうかそうか、なにか夢をみたのね？」

夢じゃない、夢じゃないいんだよ。

ぼくは撫でてくれたことがうれしくて、声の柔らかさが切なくて、伝わらないことがもどかしくて、ちいちゃんを置いてリビングにいった。

それからずっとたったある日、ぼくのからだはじわじわとやせて、クッションに寝てることが多くなったけど、ぼくの気持ちだけは変わることがなかった。

この日、ちいちゃんは朝早くタクシーに乗ってどこかへでかけてしまった。おみおくりのときさみしくて吠えていたぼくを、ママは優しく撫でていった。

「今日はとびきりきれいなちいちゃんが見られるからね。あとで一緒にいこうね」

朝ごはんを食べて、クッションに横になっていると、パパがぼくを抱きかかえてケージに入れた。ケージに入れられたことは何回かあるけど、おおきな音のする乗り物にのるときに入れられるようだった。今日はどこにいくんだろう。痛い「ちゅうしゃ」じゃなければいいけど。

ぼくはケージごとママのひざの上に置かれ、乗り物に乗って長い時間ゆらゆらとゆれていた。音が止まったとおもったら、ママに抱きかかえられて乗り物をおりた。そこにはとってもおおきくてきれいなお城がたっていた。ちいちゃんがちいさいころ、テレビでよく見ていたお城とそっくりだった。ちいちゃんはおおきくなったらなになるっていっていたっけ、ああ、忘れてしまった。

お城の玄関で、ぼくは足の裏を拭かれた。くすぐったかったけど、それに耐えていたらママがケージの外に出してくれた。ひろい。お城はひろくて、なかからみてもきれいなお城だった。すすんでいくと、陽のあたった芝生の庭をみつけた。芝生の庭の前にはおおきなガラスのドアがあって、ぼくには出られないようになっていた。

「あ、ママ、これあけて、いっしょにあそぼう！」

うしろからついてきたママに抱き上げられると、

「今日はこっち、ひじきもお着替えしなきゃね」

と言われた。「おきがえ」？　初めての言葉だ。ぼくは抱きかかえられたまま ちいさい部屋にはいると、知らない女の人にきゅうくつな服を着せられた。

「まあ、ぴったりですこと！」

その女の人はなにやらママと笑顔で話していたが、しばらくするとドアを開け、

「こちらですよ。ちひろさん、とっても綺麗でした」

といった。ちいちゃんがきれい？　いつものことだ。またママに抱きかかえられ、今度は別の部屋の前にきた。さっきと違って、今度は大きなドアだ。

「びっくりしないでね、ひじき」

ママはそういうとドアをゆっくり開けて、ぼくを下ろしてくれた。

そこには、白くて長くて、おおきくてきらきらした服をきた、とにかくとてもきれいなちいちゃんがいた。

「ちいちゃん」

とぼくがちいさく言うと、

「ひじき！　きてくれたの」

ちいちゃんの顔がとたんにあの大好きな笑顔になって、駆けよってきた。きれいだ

った。ちいちゃんはまた違う女の人に長いスカートのうしろを持ってもらいながらしゃがみ、ぼくの頭を両手でわしゃわしゃとかきまぜた。ぼくはどうしていいかわからず、されるがままになっていたが、だんだんわかってきた。今日は、とくべつな日なんだ。しばらくしていたら、いつもと違う髪型をしたようくんが部屋に入ってきた。

ようくんはあの日からなんかいもうちにきて、どんどんちいちゃんと仲よくなっていった。今では家族の一員となったみたいに、パパやママとも仲よしだ。ぼくはあんまり好きじゃないけど、ようくんはやさしい人だった。でもなぜかどうしても、好きにはなれなかった。

「……ちひろ」

ようくんがちいちゃんを呼んだ。ちいちゃんは後ろを振り返ると、また笑顔になった。ああ、とってもきれいだ。ちいちゃんはいつの間にか、ようくんをみるときの笑顔が、一番きれいになっていた。

ちいちゃんは今日「結婚」したらしい。結婚は、ようくんといっしょにどこかへいってしまうことらしい。

ちいちゃんとようくんは手をとりあって階段をゆっくりおりてきた。木漏れ日がさわさわとふたりを祝っていた。ふたりのまわりには、おおきくなったゆきちゃんとこうちゃんもいた。ふたりともきれいな格好をして、すっかりおとなの顔をしていた。たくさんの人は列になってちいちゃんとようくんの横に並び、おおきな花びらをみんなで投げていた。ぼくは、なんとなくわかった。さよならだ。おはようを祝うように、さよならを祝っているんだ。

ぼくのこころの虹が、いつの間にかこころ全体におおきくかかっていた。雨も今日、やっとやんだ。ぼくはちいちゃんが最高にきれいな、あの大好きな笑顔になっていることが、こころからうれしかったのだ。

「さよなら、さよなら!」

ぼくはみんなといっしょに、ふたりを祝った。

この気持ちはきっと、ぼくにしかわからない。ちいさいときのちいちゃんの顔、ママとまたけんかするときのちいちゃんの声、おふとんのなかでもじもじと遊んだ、あの体温を、今、ぜんぶ思い出していた。

「ひじき!」

ちいちゃんが笑顔で、ぼくを呼んだ。

渡せなかったプレゼント

吉野葵

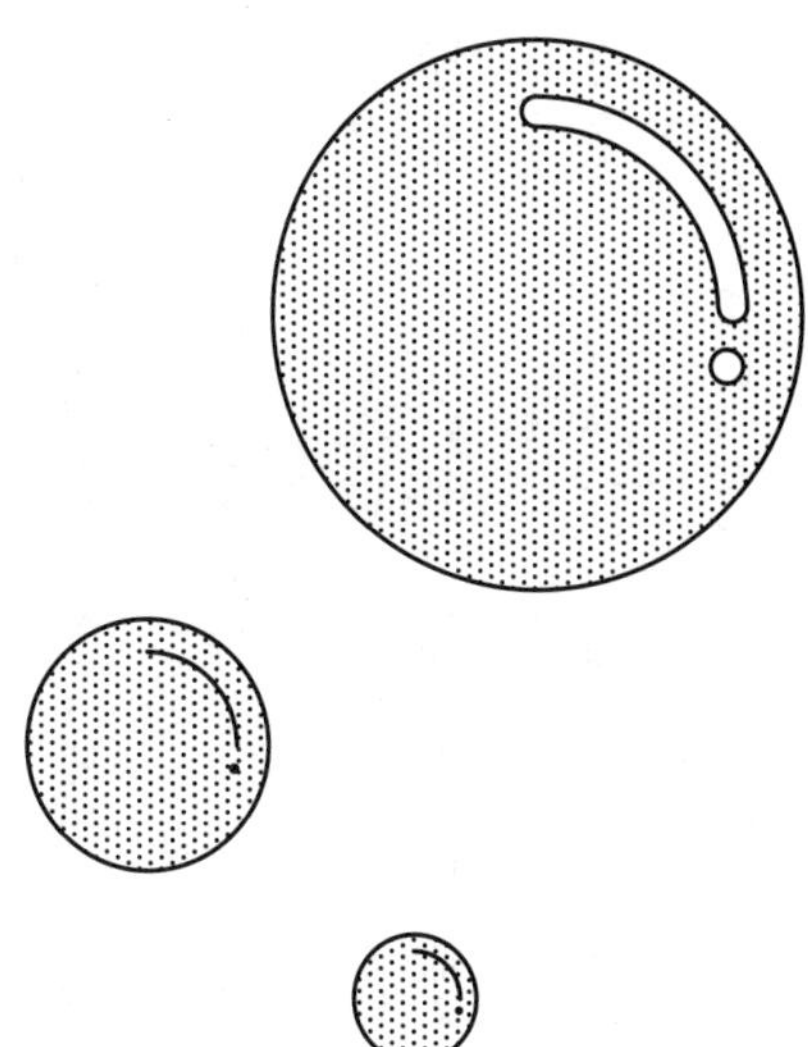

父への誕生日プレゼントは、結局、腕時計にした。

長年愛用していたものが最近壊れ、修理するには隣町の時計屋まで持っていかなければならないらしい。

古いものだし、父も買い換えることを考えていると言っていた。

だから、僕は腕時計を買った。

何ヶ月もお小遣いを貯めてもデパートのショーケースに並んでいる高価なものにはとても手が届かなくて、隅っこの棚に詰めて置かれているセール品の中から一番父に似合いそうなものを選んだ。

もしかしたらそれは、大人からしたら安物のおもちゃみたいなものだったのかもしれない。

でも十一歳の僕にとっては、人生で一番大きな買い物だった。

レジでお金を払うときには、妙に緊張して手が震えた。

しかしラッピングしてもらった品物を受け取ったときには、そのドキドキはワクワクへと変わっていた。

これを見たら、お父さんはどんな顔をするだろう。

喜んでくれるだろうか。

気に入ってくれるだろうか。

そんなことを想像しながら、僕はそのプレゼントを大切に抱え、浮き足立って帰路を急いだ。


父は誕生日だからだろうか、いつもより早く帰ってきた。

僕はわざと今日が何の日か気づいていないふりをしながら、共に夕食を囲んだ。

いつもどおり言葉少なく仏頂面で食事を口へと運ぶ父だったが、よく見ると心なしか普段より少しそわそわしているようにも見える。

だから僕は、予定より早いが、隠し持っていたプレゼントを父に渡すことにした。

大きくなる鼓動を抑えつつ、膝の上に出したその小包をいよいよ父の前に披露しようとする。

しかしその直前、父は突然改まった口調で僕の名を呼んだ。

「知哉(ともや)」

僕はテーブルの上に出しかけていたプレゼントを慌てて隠し、「何?」と聞き返す。

すると父は箸を置き、妙に真剣な表情で僕を見つめると、口を開いた。

「お前に、話したいことがある」

僕は再び「何?」と尋ねた。

何の話か知らないが、さっさと済ませてプレゼントを渡したかった。

しかし、そんな僕の興奮は、父の次の言葉で一気に萎んでしまうことになる。

「お母さんが見つかったんだ」

「え……」

危うくプレゼントが指をすり抜けて落ちそうになるのを、なんとか押さえた。

「お母さんは今、別の人と結婚して、東京で暮らしている」

父は戸惑う僕に、淡々と告げた。

だけど僕にとってそれは、簡単に受け入れられるような話ではなかった。

いや、父にとってだって……。

「それで、状況が落ち着いたから知哉とまた一緒に暮らしたいと言っている。再婚相手も、ぜひそうしたい、と。俺も少し話したが、ちゃんとした優しそうな人だった」

父は言い淀むことなく、いつもの落ち着いた声音で話す。

母が僕たちの前から姿を消したのは、去年の夏のことだった。

内容は教えてくれなかったが、父に向けて一通の手紙を残し、どこかへ行ってしまった。

でも僕は、信じていたんだ。

きっと母は、帰ってきてくれるって。

そしてまた、三人で暮らせるって。

「……お父さんは？」

僕の声は、震えていた。

きっと、心の中ではどんな答えが返ってくるか分かっていたからだろう。

僕はたぶん、こうなることも想像していたのだ。

でもそれは、最悪とは言わずとも、なってほしくない想像として。

そして事態はその先も、想像どおりに動く。

父は容赦なく、僕が頭の中で一番言われたくないと思っていた言葉を告げた。

「知哉、俺はお前のお父さんじゃない」

父の言ったことは、紛れもない事実だった。

その瞬間、僕の瞳に涙が滲む。

僕の本当の父親は、僕が幼いころに母と離婚した。

今、目の前にいる父は、その後、母が交際し、結婚を約束した人だ。

しかし同棲して三ヶ月が経ったころ、母は籍を入れる直前になって、父と僕を残して失踪した。

父からしたら、母のしたことは裏切りとも言える行為だった。

そんな相手の子どもである僕のことを、恨んだっておかしくはない。

しかし父が僕に冷たく当たることはなかった。

突然母親がいなくなって泣いてばかりだった僕に、「一緒に待とう」と手を差し伸べ、この家で一緒に生活を続けてくれた。

時には僕をそっと抱きしめたり、本気で叱ってくれたりしたことだってある。

そうしているうちに、やがて僕はその人のことを自然と「お父さん」と呼ぶようになっていた。

家族だと思うようになっていた。

だから……。

「僕は、これからも一緒にいたい」

涙をぐっと堪え、そう訴えた。

それは、間違いなく僕の本心だった。

しかし父は、小さく溜息を吐くと、あっさりと「それは無理だ」と吐き捨てた。

「何か勘違いしているようだが、俺は何も望んでお前と一緒にいたわけじゃない。親に捨てられてかわいそうだと思ったから面倒見てやってただけだ。俺とお前は、血の繋がりもなければ戸籍上の関わりもない、赤の他人。母親が見つかったのなら、もう俺にお前と一緒にいる理由はない」

あまりにハッキリとした拒絶の言葉が、僕の心の深い所にグサリグサリと突き刺さる。

そんなふうに思ってたのか。

この一年は、父にとってそういうものだったのか。

そう思うと、瞳からはついに涙が溢れ出し、ポトリポトリとテーブルに落ちる。

それを拭うこともなく、僕はガタリと音を立てて席を立つと、食べかけの夕食を残したまま、父に背を向けリビングから駆け出した。

父はずっと、母親に捨てられた僕がかわいそうで一緒にいてくれただけだったのだろうか。

僕のことが本当は嫌で、早く母親を見つけて引き渡したいと思っていたのだろうか。

涙が止まらず、僕は自室に駆け込むと、バタンと大きな音を立ててドアを閉めた。

余計に悲しくなるだけなのに、頭の中には父と過ごしたこの一年が蘇る。

語り合ったこと。笑い合ったこと。温め合ったこと。

でも本当は、違ったのだろうか。

家族だと思っていたのは僕だけだったのだろうか。

「お父さんだと思ってたのに……」

そうつぶやくと、僕は手に持ったままになっていた小さな包みを、開け放たれていた窓へ向かって投げ捨てた。

「誕生日おめでとう」と「いつもありがとう」をいっぱいに詰めた、とっておきのプレゼント。

渡すことのできなかったそれは、音もなく、暗闇に消えていった。

その後、僕が父を「お父さん」と呼ぶことはなかった。

そして約二週間後、僕はほとんど父とは会話を交わすことのないまま、母親の元へ引き取られていった。


あれから五年。

僕は母と新しい父の元で、幸せに暮らしている。

父の言っていたとおり、母の再婚相手は優しい人で、僕を本当の息子のようにかわいがってくれた。

それでも、僕は今でも時々思い出す。

本当はもう父と呼んではいけない父のことを。

元気でやっているだろうか。

結婚して、新しい家族ができているだろうか。

幸せでいるだろうか。

会いたいと思ったことは、数え切れない。

でも、それはきっともうできないことなのだろう。

だから、せめてあのとき、プレゼントを渡せばよかった。

最後にたった一言だけでいいから、「ありがとう」と伝えればよかった。

今でもその後悔は消えず、僕の心に感傷を残していた。

そんなある日のことだった。

僕の元に、結婚披露宴の招待状が届いた。

新郎は向こうで暮らしていたころ、近所に住んでいたお兄ちゃんで、僕もよく友達と一緒に遊んでもらったことを覚えている。

懐かしく思った僕は、旧友から「久しぶりに会わないか」と連絡を貰ったこともあり、披露宴に出席してもいいか、思い切って両親に相談してみた。

新郎一家とはご近所付き合いをしていたので、あの人も招待されている可能性があり、会ってしまうかもしれない、ということも含めて。

この家族で暮らし始めたばかりのころ、母は僕が心の中で父と呼ぶあの人のことを話題に出さないようにしていたし、会いにいくことも禁じていた。

その理由は理解していたつもりだったし、だから今回も反対されるだろうと思っていたが、案外両親はあっさりと許可してくれた。

「行っておいで」

この五年間で確かに父になってくれたその人は、優しくそう言った。

「子どものころは知哉に早くこの環境に慣れてほしくていろいろと制限してしまったが、君ももう高校生だ。ある程度は、自分で考えて行動してくれて構わないよ」

僕は今の家族を、大切に思う。

いろいろあったけれど、自分は幸せだと感じた。

それでも、もし会えるならもう一度会いたい。

そんな期待を、どうしても消すことはできなかった。

会場には、懐かしい顔がいくつも並んでいた。

五年ぶりの再会に「久しぶり」「元気だったか?」と声を掛けてくれる友人たちに言葉を返しながらも、僕はつい父の姿を探してしまう。

招待されたという確認は取っていなかった。

そもそも招待されていたとしても、用事があって来ていないかもしれないし、もしかしたら僕が出席すると聞いて来るのを止めた可能性だってある。

だけど、なんとなくいる気がして会場内を探し回ると、後ろのほうに一人で佇んでいるところを見つけた。

あまり変わっていないその姿に安心しながらも、僕は近づき、緊張を隠して声を掛ける。

「池内さん」

父は僕が来ることを知らなかったらしく、僕を見るとずいぶんと驚いた顔をした。

「知哉、来てたのか」

「うん。久しぶり」

僕が笑ってそう言うと、父も少し笑って「久しぶりだな」と返した。

そしてそれから、僕たちはそれぞれの近況について尋ね合った。

僕は新しい家族と幸せに暮らしていることを短く話した。

父に対しては新しい家族はできたのか尋ねたが、残念ながら「仕事が忙しくて、そういう浮いた話はない」らしい。

五年ぶりだったのに、言葉を交わす僕たちの間に気まずい空気が流れることはなく、お互いに言葉に詰まるようなこともなかった。

それは悪いことではないし、想像していたとおりでもあったのだけれど、僕には少し寂しく感じた。

あのころとは違うのだと、ひしひしと感じたから。

僕たちはもうあのころには戻れない。

父との関係は、終わってしまった過去でしかないのだ。

懐かしむだけの、少し切ない思い出。

それはなくなることはないけれど、きっとこの先の僕の人生に大きく関わることもない。

そんなこと、もうとっくに分かっていたんだけど、それでもやっぱり寂しいと思ってしまう。

だからせめて、この感傷は捨てないことにした。

「知哉」

ちょうど会話に一区切りが付いたころだった。少し離れた場所から、友人が僕を呼んだ。

「行ってやれ」

父に言われ、僕は「うん」とうなずく。

本当に話したいことは何一つ話せていないままだったが、それでいいと思った。

もう僕たちはあのころとは違うのに、今の僕がその話をするのは何か違うように感じたからだ。

話せなかったことは話せなかったことのまま、五年前で止まってしまった思い出とともに、心の中にとっておこう。
「じゃあ、元気でね」
僕はそう言うと、笑って小さく手を振った。
「ああ、お前も」
父も少し手を上げて答えると、僕より先に背を向け、歩き出す。
しかし僕はその瞬間、急に体が固まってしまい、そこから動くことができなかった。
ほんの一瞬だったが、確かに見えてしまったからだ。
手を上げたときに覗いた袖下、そこには、見覚えのある腕時計があった。
間違いない。
あれは、五年前、僕が父の誕生日プレゼントに買ったものだ。
どうしてあれを、父が持っているのだろう。
捨てたはずなのに。渡せなかったはずなのに。
どうして今でも、身に着けているのだろう。
安物なのに、五年も経てば電池が切れてしまったことだってあっただろうに。
どうして……？

そんなの、今となってはあまりに分かりきっていた。

あのとき、父が僕に言った言葉は本心ではなかったということだ。

父は五年前、すっかり里心が付いてしまっていた僕を引き剝がすために、わざと突き放すようなことを言ったのだ。

僕が新しい家族と心置きなく過ごせるように、思ってもいないようなことを言って僕に嫌われようとしたのだ。

当時は子どもだったからそんな父の優しさに気づけなかった。

でも本当は、あのころだってちゃんと分かっていたこともある。

父は確かに、僕を愛してくれていたこと。

それは子ども心にも、しっかりと伝わっていた。

だから僕は、離れてからもあの人を父だと思うことをやめられなかった。

血が繫がっていなくても、戸籍上では何の関係もなくても、何年も会っていなくても、僕にとってあの人は家族だった。

そして、今でも……。

僕は一歩、足を踏み出した。

いつの間にか溢れ出していた涙で、視界が歪む。

それでも足を止めず、その背中を追いかけた。

渡せなくても、届いていたプレゼント。

それは僕の代わりに、離れていた間、父との時間を刻んでくれていたのかもしれない。

「お父さん！」

そのとき、止まっていた時間が再び動き出した気がした。

彼女の嘘と俺の隠し事

今野綾

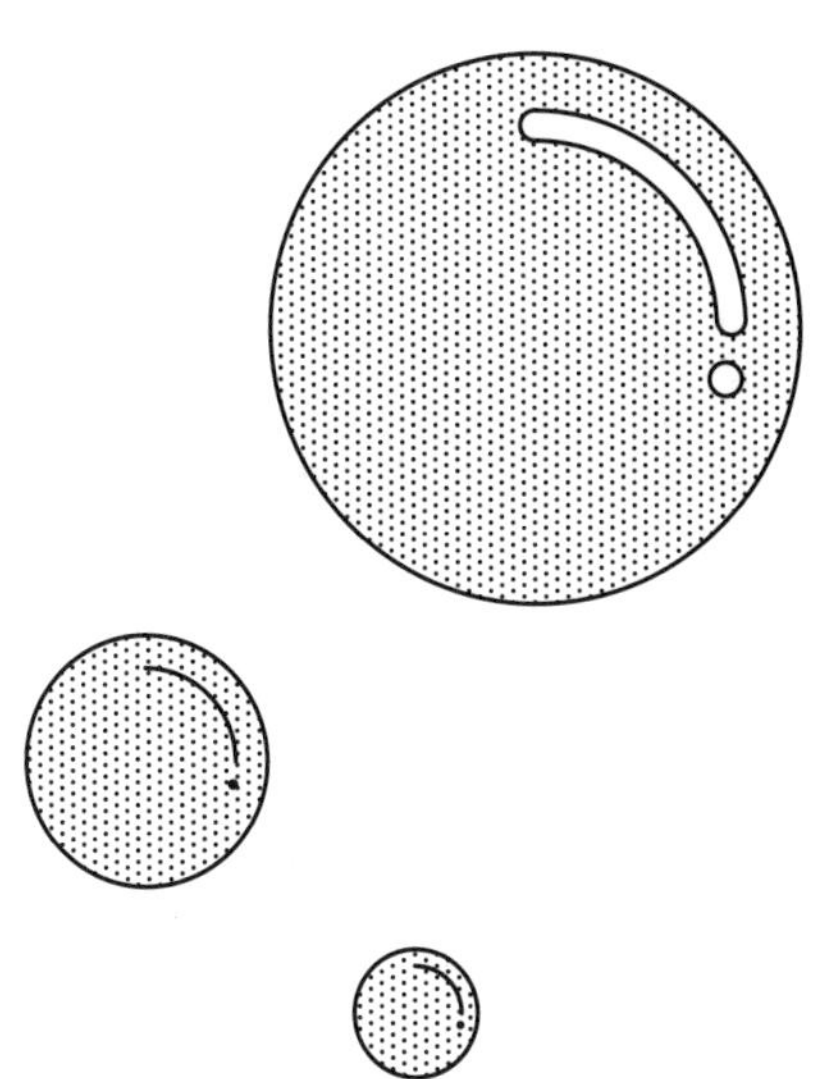

疑念

晴れてはいるが、雲の動きが速い。
雲がやってくる方向へ視線を移せば、灰色の冬特有の分厚い雲が迫ってきている。
今朝見た天気予報では、夜には雪になるらしい。
まだ室内には日が差し込んでいて、それの深さがいかにも冬を物語っていた。
翔平(しょうへい)は日差しの端まで視線を這わし、ついでに壁に移す。
壁に掛けられたカレンダーが目に留まる。
カレンダーは真夏のまま、無数の向日葵(ひまわり)が咲き誇っていた。
翔平はカレンダーに目を向けたまま、すぐ隣の部屋にあるキッチンで、忙しそうに動き回る華の足音に耳を傾ける。

キッチンから漂ってくる揚げ物の匂いと、みそ汁の香りが翔平の食欲を誘った。

付き合って五年。

華の部屋に来れば、いつもいい匂いがした気がする。

食事の匂いがしないときは、華の好きなストロベリーのお香の匂いがするし、華と寄り添えば柑橘系の香水がふわりと鼻をくすぐる。

視線の先にある、夏のカレンダーで思い出す。


夏の盛り、華にせがまれて華のアパートの近くで催された夏祭りに出かけた。

立ち並ぶ屋台の中から焼きそばを購入して、境内へと続く階段を昇っていく。

華と翔平は手を繋ぎ階段を上がっていって、昇り切った所にある鳥居を通過してから、手を離した。

高台になったそこから見渡せる河原で、小規模ながら花火が上げられる。

それが見たくて、華は毎年飽きもせずに夏祭りに翔平を誘うのだ。

翔平はさすがに五年目にもなると、飽きてしまって、手持ち無沙汰で焼きそばを食べ始めた。

翔平は焼きそばを食べながら、華の異変に少々眉根を寄せていた。

本人は至って普通にしているが、翔平は夏辺りから、小さな疑問を抱くということの積み重ねで、華の異変に気がついていた。

華は例年と変わらぬくらい目をキラキラとさせて、打ち上げられた花火を見上げていた。

そんな華をその場に残し、翔平は食べ終わった焼きそばのパックを、近くにあったごみ箱に捨てにいった。

そして、ごみ箱がある場所からやはり花火を、そして華を観察していた。

鳴りやんだ花火。

佇(たたず)む、華。

君は何を見てるの？

君は誰を見ているの？

辺りを見回すその瞳には、自分がもう映っていないのだと、翔平は勘付いていた。

カレンダーから視線を剝(は)ぐように室内をぼんやり眺めていると、日が差し込んでいるところをキラキラと埃が落ちていくのが目に留まる。

それはとてもゆっくりと落ちていき、光の差す場所を通過すると姿を消した。

ぴぴぴっとキッチンからタイマーの電子音がして「翔平？　とんかつ揚がったから、そっちに運んでくれる？」と華から声がかかる。

「ああ、うん。今行くよ」

＊

二人は高校の同級生だった。

互いに違う地方の大学に受かったとき、離れ離れになることを恐れて、想いを伝えあった。

始まったときから遠距離恋愛だったけれど、各駅列車でも一時間ちょっとの距離だったので、毎週末、翔平は華のアパートを訪れていた。

会わない時間が長かったわけじゃない。

だから、華が秘密を隠し持っていることに気がついたとき、翔平は酷く落胆したのだった。

気がつかれないと思った？

そんなに鈍感だと思った？

もう五年も一緒にいたのに。


この勝手知ったる華のアパート。

テレビとテーブルとベッドでいっぱいの、この小さな部屋で、どれだけの時間を二人で過ごしたと思っているのか……。

始めに感じた憤りは、やがて落胆へ、そして決意へと変わっていった。

翔平は小さなため息を吐いてから、キッチンへと足を踏み入れた。

秘密

華は三年前に行った京都旅行の際に買い求めた、揃いの箸で食事をとる翔平に、視線をちらっと向ける。

いつになく翔平の口数が少なくて、不安になる。

揚げ物好きな翔平のために、どんどん増えていった揚げ物のレパートリー。その中でもとんかつは得意中の得意で、今日もサクサクの衣を齧れ(かじ)ばじゅわっと溢れてくる肉汁に、我ながら上出来だと華は思っていた。とんかつに添えられたレタスにも、翔平が好きだと言ったドレッシングをかけてある。

それなのに、いつもなら食べながら「美味(おい)しい」と何度も笑いかけてくれるはずの翔平が、ほとんど口を開かない。

おずおずと「えっと……美味しくなかった？」と問えば、「いや、そんなことないよ」と翔平が返してくる。

そして、翔平は寡黙なまま食事を終えて、食器を重ね始めた。

まだ食べ終わっていない華はそこで箸を止めて、持っていた茶碗をことっと置いた。

「今日、なんか変だよ」

二人は喧嘩をすることもある。

たとえば、ちょっとだらしない翔平が、脱いだ靴下を置きっぱなしにしたり、使ったままのティッシュをテーブルに放置したとき。

その都度注意する華と、何度も言われて不貞腐れる翔平。

そういう些細なことで喧嘩をしては、仲直りをすることの繰り返しだった。

でも、今日はそういうやり取りはしていないし、翔平は部屋に来たときから様子がおかしかった。


「……華は隠し事が下手だからな」

翔平のポツリと放った一言は、華を心底驚かせる。

「俺に何か話があるんだろ？」

もう一言、翔平が付け足すと、さらに華の心臓はぎゅっと縮こまる。

今日こそは言わないといけないと思って、決心していたことがあった。

でも、言うまでは楽しく過ごしていたかった。

だから、華は翔平の好物のとんかつを揚げたし、平常心を装って、いつもどおりにしていたつもりだったのに。

翔平は華の皿にまだ残る、数枚のレタスを見ていた。

とんかつには千切りキャベツだと言い張ったのは、華だったのに。

それを翔平が忘れているのだろうか。

本当に、華は隠し事が下手くそだ。

二人の間に気まずい沈黙が流れ、華の潔さが顔を覗かせる。

「……ごめんなさい。別れたいの」

絞り出した言葉を聞いて、翔平は大きなため息を吐いた。

先ほどまで部屋の中に差し込んでいた日が急になくなり、一気に部屋が寒々しい雰囲気になっていく。

案の定そう来たか。

翔平は予期していた言葉にうなずいて「で、理由は？」と落ち着いた声音で聞く。

それを耳にした華は、予想に反した翔平の落ち着きに、自分勝手だと思いながらも腹を立てた。

眠れない夜を過ごし、何度も何度も考えて導き出したそれを、翔平はあっさりと受け入れた。

華は泣くまいと決めていたのに、じわじわと目の周りが熱くなっていくのを感じて、とっさに上を仰ぎ見る。

「理由なんてないよ！」

怒りに任せて出た言葉が思った以上に尖っていて、それに華自身が驚き、口を手で覆う。

こんなはずじゃなかった。

最後はできれば笑って別れたかった。

それが無理でも、喧嘩別れだけは避けたかった。

涙が零(こぼ)れ落ちてきて、慌てて手の甲でそれを拭うと「泣くなよ」と翔平の声。

翔平は自分の横に置いてあったティッシュの箱を持ち上げると、そこからティッシュを数枚引き出して、華の目の前に突き出した。

「なんで、嘘なんかつくんだよ」

翔平が言うと、顔を上げた華が、自分の目の前にあるティッシュに気がついて、それを取りながら鼻を啜る。

「……う、嘘なんて……」

翔平は首を横に振って、天井を見上げる。

「理由がないのも嘘。別れたいって言うのも嘘」

翔平の言葉に華は顔を歪(ゆが)めて、ぽろぽろと大粒の涙を落としていく。

「ねえ。泣きたいのは華だけじゃないんだけど？　俺だって泣きたいよ」

華は返事を返さない代わりに、大きな嗚咽(おえつ)を漏らす。

静かな室内に華の嗚咽だけが響く。

「何年一緒にいたと思ってるんだよ……」

その言葉はここ最近の翔平の考え事の行き着くところだった。

何を考えても、何を思っても、最後はそこに思いが至る。

そして、行き着いた先に見える答えがある。

何度も何度も考えて、出した答えがあった。

「泣き止めよ。とにかく、落ち着こう」

翔平は華の気持ちを落ち着かせたいと思う。

そっと手を伸ばして、華の頭に手を乗せると、優しく撫で始めた。

それがますます華の胸を締め付ける。

喧嘩して華が泣くと、翔平は決まって、頭を撫でる。

『ごめん、ごめん』手でそう何度も繰り返し言うように、優しく撫でていくのだ。

どんなに華が悪くても、翔平はそうやって優しく華をなだめてくれる。

それは二人の合図のようなもので、華はそうされると決まって『翔平、大好き』と、口にしていた。

華は頭を撫でられたまま、ただただ嗚咽を漏らす。

翔平はまた小さく息を吐き出して「俺も好きだよ」と華に言った。

いつもは華の台詞のあとにある言葉を、翔平が口にする。

先ほど渡したティッシュが水分を吸って弱々しくしな垂れているのを翔平は見ると、新しいティッシュをまた箱から取り出して、それと萎れたティッシュとを交換して、華の手の中に握らせる。

「俺、知ってたんだ。けっこう前から気がついてたんだよ」

華はティッシュを摑んだまま勢いよく顔を上げると、翔平の声のするほうを見る。

翔平の手が伸びてきて、華の手を摑むと、自分の頰まで持ってくる。

華は温かい翔平の頰に当てられた手に、雫が落ちてきてはっと目を見開く。

翔平が泣いている。

華はそのとき初めて、翔平の涙に気がついて、「うう……」と声を殺して泣いていく。

翔平は自分の涙を空いてるほうの手で拭うと、二人の手をテーブルの上に載せた。

「もう、あんまり見えてないんだろ？　そうなんだろ？」

華が千切りキャベツを刻めなくなったこと。

とんかつを揚げるときは、油の中に上がってくる気泡の変化で、揚がり具合が分かると言っていたのに、タイマーを使い始めた理由。

みんな、知っていた。

華が暗闇では手を繋いでいないと、怖くて歩けなくなったことも、距離が開いてしまうと誰が誰だか識別できないことも、分かっていた。

華の部屋のカレンダーが止まってしまっていること。

綺麗好きだった華の部屋に埃が溜まっていること……。

変化はいくらでもあって、分からないはずがなかった。

初めて入ったイタリアンレストラン。

華は料理を決められなくて、翔平が頼んだものと同じものをと言って、オーダーした。

人で賑わうショッピングモールに出かけたとき、若い男が置かれていたベンチに足を投げ出して座っていた。

前を行く人が次々と避けていくのに、翔平の目の前で華はそれに躓（つまず）いて転んだ。

気がつかないわけないだろ？　何年一緒にいたと思ってるんだよ。

それでも必死に隠し通そうとする華を見ていると、どうしたのかと問うことができなかった。

それでも華は黙っている。

翔平は自分を落ち着かせるために、大きく息を吸って、ふぅーと吐き出した。

「不思議に思って華のお母さんに聞いたんだよ。なんで言ってくれないんだよ。なんで俺が気がつかないと思うんだよ」

非難がましくなってしまうから落ち着こうとしたのに上手にできなくて、自分の言葉で華がまた涙を流し出すのを見て、翔平はきゅっと目を閉じた。

華の目から大粒の涙が零れ落ちていくのを、見たくなかった。

「俺さ、華の病気調べたんだ。なんで、別れなきゃならないの？　目が見えなくなったり、下半身不随になるかもしれないだけだろ？　死ぬわけじゃないいんだろ？」

華は涙を腕で拭うと、「だけって……だけって言うけど、そんな簡単なことじゃゃないじゃない。見えないんだよ？　歩けなくなるかもしれないんだよ？」。吐き出した言葉は苦しそうで、これまで口にできなかったぶん、重く頑なになっていた。

翔平はまだ自分の手の中にある、華の手をしっかりと握り直す。

「目が見えないって理由つけて、歳とっても堂々と手を繋げるじゃん。爺さん婆さんになっても、手繋いで歩けるだろ。それに俺の老けた顔見られないで済むし、脱いだままの靴下怒られないし」

「料理だって思うように作れなくなるんだよ？　当たり前に行けていた場所にだって行けないし」

「作れてたじゃん。なんで？　タイマー使ったりして、やれてたし、俺だって多少は作れるよ？」

「カレーしか作れないでしょ」

「シチューも作れるし、サラダも作れるし」

「私は真面目に話してるんだよ！」

翔平は華の手が自分の手の中から抜け出ようとするのを、ぎゅっと掴んで離さない。

「俺だって真面目に言ってるよ」

手を離すつもりはない。

「ずっと、考えてたんだ。結婚するぞ」

翔平が急に宣言するので、驚きのあまり華が涙を止める。

「勝手に決めないでよ」

「華だって勝手に別れようとしたじゃないか。だから、俺も華の意見なんか聞かねーよ」

翔平はまたティッシュを数枚取り出して、華の顔に押し付ける。

華も少し怒った顔でそれを受け取って、顔を拭いていく。

「俺だってずっと悩んでずっと考えたんだよ。別れることだって考えたけど、どうしてもイメージできなかった。一緒にいる未来はいくらでもイメージできるのに、別々の道を歩むなんて俺には考えられないんだよ」

華は赤くなった鼻をティッシュでかんで、翔平に手を出す。

もっとティッシュをくれと言われたのが解って、翔平はまた数枚引き出して華に渡す。

「華、子ども欲しいって言ってたろ。俺も、華と俺の子どもが欲しい。

三人で手繋いで公園とか行きたいし、クリスマスとかさ、祝いたいなって思ったりして、そう思うとイメージがどんどん湧いてくるんだよ。華がクリスマスソングを子どもに教えてる姿とか、俺と子どもが一緒にクラッカーやってさ、ごみ巻き散らかして、華がそれを踏んで怒ったり」

「……翔平、クリスマスの曲知らないもんね」

「ああ。『ママがサンタにキスをした』って曲だろ？　サンタと浮気かよって本気で思った。サンタがパパだって、ちゃんと言えよな」

二人は数年前の笑い話を思い出して、小さく笑い合う。

翔平は体を伸ばして、ごみ箱をとると、華の前に積まれたティッシュのごみをポイポイと捨てていく。

「結婚ってさ、どうせ一から二人でやってくんだろ？　だったら、ちょうどいいじゃん。華の病気のことも、二人でなんとか一からやってこうよ。普通の結婚だってさ、多少勇気がいると思うんだよ。なら、あんまり変わんないと思わない？」

そこまで言うと翔平が立ち上がる。

「華、立って」

そう言って、華の腕を取った。

引きずられるように立ち上がった華の手を引いて、翔平は壁の前に歩いていって止まる。

目の前にあるのは、真夏のままのカレンダー。

「華さ、カレンダー捲るの忘れてる」

そう言って、翔平は華の手を取って、カレンダーに手を当てる。

「華が見えないなら、俺が捲る。一緒にそうやって日々過ごしていけばいいと思う。来年のクリスマスはさ、子どもとかいちゃったりしてさ、カレンダーにケーキの受け取り日とか書き込んだりして」

「いたとしても赤ちゃんだから、ケーキは無理でしょ」

華が気の早い翔平を笑う。

「な？　なんか、イメージできるだろ？」

笑っている華に翔平が優しく微笑んでから、もう一度、向日葵の咲くカレンダーを見る。

「喧嘩をしてさ、俺がカレンダーを捲らなかったら、俺たちの子どもが『パパって子どもなんだから』って呆れて言いながら捲るんだ。華みたいなしっかりした女の子」

「男の子かもしれないのに」

「そだな。そしたら『親父、なに不機嫌になってんの？』とか言って、俺そっくりの息子が華の手を引いて、んで俺がヤキモチ妬くかもな」

華が繋がれたままの手を握り直す。

「まだぼんやり見えてるんだってお母さんに聞いたんだ。俺も見てて、そうなんだろうって思ってた。だからさ、少しでも見えるうちに見ておきたいものを見ておこう」

そう言って翔平はカレンダーに手を這わす。

「十二月だろ。クリスマスに俺はプロポーズする。んで、年明け前に華んちに挨拶に行く。で、結婚式は無理でもとにかく写真屋でもなんでもいいから、ウェディングドレスを着てだな、んで、来年のクリスマスには子どもの顔を見る、と」

翔平はどんどん予定を立てていく。

隣に立つ華が顔をしかめて言う。

「本当に分かってるの？」

「ああ、分かってるよ。きっと喧嘩もたくさんするだろうし、大変なことも多いだろうとか、ちゃんと分かってる。

でも、俺はクリスマスにプロポーズをして、んで、年明け前に挨拶に行く。華は自分のウェディングドレス姿も見れれば、子どもの顔を見れるってわけ。

いつかは見えなくなっちゃうけどさ、それでも子どもがどっちに似てるとか、そういうことが分かれば、大人になった顔もなんとなく想像できるだろ」

華の視線はしっかりと翔平を捉えているように見える。

その綺麗な瞳が、もうほとんど見えてないなんて、嘘のようだった。

翔平がにやりと笑う。

「華は顔にすぐ出るから分かるよ。決まりだな。俺と結婚……あ、プロポーズはもう少し先だった」

この期に及んで、翔平がプロポーズを予定どおりクリスマスにしようと、言葉をしまい込む。

もう、何もかも明かされているのに。

「幸せにするから、絶対」

潔く宣言したのは、華だった。

しかも言ってから華が照れる。

翔平が虚を突かれて止まってから、表情をゆっくりと溶かしていく。

「ありがと、期待しとくよ。俺、お前の揚げたとんかつ好き。あれだけで幸せになる」

「翔平？」

「ん？」

「私と結婚してください」

今度は酷く狼狽して、慌てて華の口に手をやる。

口を塞がれたまま華が見上げると、翔平がぼんやりと見えた。

「俺の台詞を取るなよ！　クリスマスまですぐだろ？　待ってろよ」

華がうなずいたのを確認して、翔平が華の口からそっと手を退かす。

すると再び華が口を開くので、翔平が眉間に皺を寄せた。

何を言うのか戦々恐々としている。

そんな翔平の慌てぶりが、しっかりと見えたような気がした華は、ふふふっと小さく笑いを漏らした。

「私ね、秘密にしてたんだけど……」

「あ？」

「翔平のこと、愛してるかも」

華の言葉に、二人はゆっくりと笑みを広げていく。

二人はその笑みを重ね合わせるようにそっと唇を合わせた。

翔平は今まで幾度となく嗅いできた、華のつけている柑橘系の香水にふんわりと包まれて、肩の力を抜いた。

窓の外には、予定より早くゆっくりと粉雪が舞い始め、隠し事のできない、華の心のような真っ白な世界が広がっていく。

「雪、降り出したよ」

口にしてから華の顔を見れば、華は嬉しそうにうなずいた。

「見えないから、これからはそういうことを教えてほしい」

「ああ、俺これから独り言の天才になるわ」

「翔平がそうやって言ってくれると私は見える気がする」

翔平はうなずいて「雪っていいよな」と安堵しながらつぶやいた。

コバルトブルーに切り取って

三葉スイ

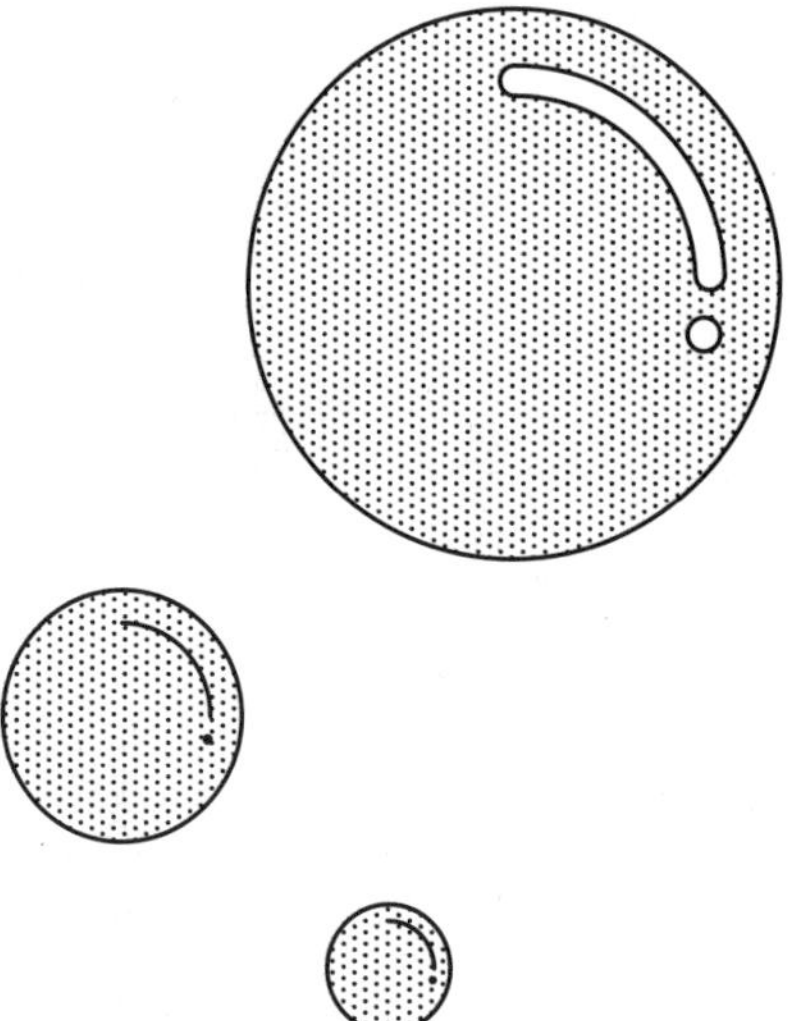

「あんたが不幸になりますように」

残酷な願いを口にする彼女。頭の上で輝く月。そして、コバルトブルーの映える美しい一枚の絵。

高校三年の春——大嫌いな彼女は、私たちの前から逃げた。

「先生、空の色が上手く決まらないの」

そう質問してきたのは一人の女子生徒。キャンバスを覗き込むと、小さな家一つと木々の上に鈍い青が広がっていた。

「なんか、爽やかじゃないっていうか……」

「任せて」

私はパレットに絵の具をいくつか出すと、適当に混ぜ合わせて色を作り出した。

「綺麗な色！」

「コバルトブルーっていうの。空にぴったりの色でしょう」

そう言うと、心にできた古傷がちくんと痛んだ。


憧れだった美術大学を卒業し、今は高校の美術の教師として働いている。土曜日には絵画教室を開き、美術大学を目指す少年少女の手助けを行っている。先生と慕われるのはとても嬉しいし、自分の好きなことで食べていけるのはありがたいことだ。

けれど時々、子どもたちを指導しながら苦しい気持ちに支配されることがある。私は未だに過去を断ち切ることができない。

裏切られた、嘘をつかれた、大嫌いな彼女。私の心に、コバルトブルーの傷跡を残した人だ。


高校時代美術部に入っていて、そこで二人の同級生とともに美術大学を目指していた。

一人はよく言えば優しい、悪く言えば優柔不断な男子生徒である斉藤広樹。将来は芸術家として一人前になりたいとよく話していた。

もう一人は雨宮春子。彼女は私が大嫌いで、私も彼女が大嫌いだった。

「下手な絵。いったいこの絵は何が伝えたいの？」

「ただの雰囲気絵。空っぽみたい」

そんなことをさらりと言ってのける。図星だから余計に腹が立った。

お互いに貶し合い「こいつには負けたくない」と思うことで、結果的には高め合うことに繋がっていた。それになぜか彼女を憎みきれなくて、なんだかんだ「三人一緒の大学に行こう」と約束したから仲はよかったのかもしれない。

放課後は美術室にこもり、暗くなるまで三人で絵を描く。メンタルがずたぼろになるくらい彼女に厳しく絵を批評され、彼がそれをなだめる。そして帰りは、三人並んで家に帰る——それが日課になっていた。

意地悪でかわいげのない春子。私は彼女が大嫌いだったけれど、彼女の描く絵はとても好きだった。

力強くて心揺さぶられ、しかし繊細さもあって。今にも壊れてしまいそうな儚さをも兼ね備えた絵たちは、目に強く焼きつくようだった。

絵は描くその人自身を表すと、どこかで聞いたことがある。キャンバスに切り取られた彼女の目に映る世界は、危うくて切ない、青春の形をしていた。

特に印象に残っているのは高校三年生の冬、彼女が描いた油絵である。

その日広樹は生徒会の仕事で忙しく、私は一人美術室の外から様子を窺い、中に入るか悩んでいた。

何しろ、春子と顔を合わせるたびに喧嘩腰になってしまうのだ。言い合いを止めてくれる彼がいないと厄介である。

「このまま帰ろっかなあ」

春子はまだ絵を描き続けているだろうか。

そろそろとドアを開け、古びて軋(きし)む床の上になるべくゆっくり足を乗せる。棚の陰から机の並ぶ部屋へ目をやると、

「……！」

思わず息を呑んだ。

それぐらい、筆を持つ彼女の横顔が美しかったのだ。

初めて知った。春子は、こんな顔をして絵を描いているんだ。

しなやかな白い指が、憂いを帯びたその目が、彼女を取り巻く世界を今切り取っている。

私は不思議と彼女の才能に嫉妬心を抱いたことはなかった。抱くことさえおこがましい感じがした。

それほどまでに、彼女の世界は孤独で美しかったのだ。

「……そんなとこでこそこそしないでくれる」

「えっ」

驚いて、情けなくその場に倒れ込む。そんな私に春子は顔をしかめてみせた。

「いたたた」

「絵が見たいなら勝手にどうぞ。まあ、難癖つけられても無視するけどね」

やっぱりかわいくない。しかし絵は気になるので、お言葉に甘えて後ろから眺めさせていただくことにする。

キャンバスの上に切り取られていたのは、灰色の世界。その中心には、色鮮やかなコバルトブルーが人を象(かたど)って堂々と存在を主張していた。

「これは誰？」

春子は筆を動かしながら答える。

「私の、好きな人」

へえ、ともふうん、とも返せなかった。

灰色に塗りたくられた彼女の世界で、唯一鮮やかに映るその人。ただ自身を信じ、前を向き続けるその人。

「――広樹?」

なんでもないふうを装うのは、なんて難しいのだろう。その質問に春子は答えてはくれなかった。

「私の好きな人」と題したその絵は、県の高校生絵画コンクールで最優秀賞を取った。広樹の絵は優秀賞、私の絵は受賞することすらできなかった。

春子と私の才能の差を、見せつけられたようだった。

「……ふう」

赤ペンを置いて一息つく。生徒一人一人の描いた絵に対するアドバイスをメモして、今日の仕事は終わりだ。

『もう少し、家の屋根の色を鮮やかにしたらもっとよくなると思うよ。コバルトブルーの空はとても綺麗に塗れていますね！』

「コバルトブルー……」

私の好きな人。春子の好きな人。美しく描かれた広樹の姿。きゅうと胸が苦しくなる。こんな日は真っ直ぐ帰りたくはない。

私はスマホを取り出すと、短い文を綴って送った。

待ち合わせの公園に行くと、彼はもう待ってくれていた。

手を振ると、心配そうな顔をしつつ駆けてきてくれる。

「どうしたの。急に『寂しい。会いたい』とか……心臓に悪い」

「ごめんね。なんか今日は飲みたい気分だなーって思ってさ」

まあ、いいけど。そう答える彼――広樹の指に私の指を絡める。夜桜の中、彼行きつけの居酒屋に向かう。


高校卒業後、彼も私と同じ美術大学へ入学した。そこで伝統工芸品の魅力に取りつかれ、今では工芸教室を開いている。工芸品の個展も開催しているのだから人生分からないものだ。

春子とは連絡を取っていないが広樹とは取り続け、去年の秋から付き合い始めた。


夜桜を照らすのは朧月（おぼろづき）。

ぼんやりとした光は優しいはずなのに、私の心を青く傷つける。

苦しいのを誤魔化すように広樹に「懐かしいね」と笑いかけた。

「ん？」

「こういうぼやけた月が出てる日にさ、春子が酷いお願い事したでしょ」

「……ああ。高三のときか」

懐かしむように広樹の目が細くなる。

「一ノ瀬由美（いちのせゆみ）が、不幸になりますように！」

忘れもしないあの春の日。いつものように三人で夜の街を帰っていると、春子が突然叫んだ。

「何それ」

「夜空への願い事！　叶えてくれそうじゃない？」

彼女が悪戯っぽく微笑む。憎たらしくて、でも憎みきれないその笑顔が朧月の下で輝く。

「ったく、やめろよ春子……」

呆れたように広樹がつぶやいた。でもこんなのはもう慣れっこだ。

「あんたが不幸になりますように！　美大に合格しませんように！　夢が叶いませんように！」

「酷過ぎ。でもあんたらしいわ」

どこまでも真っ直ぐで、だから心の底から憎むことはできない。

でも言われっぱなしも癪なので、私も同じように空に願いを叫ぶ。

「春子が美大に受かりませんように！」

そのときだった。

月を見上げていた春子がふいに振り返る。カラスの濡れ羽色をした髪が揺れ、一緒にその場の空気も震えたようだ。

次の瞬間口にした言葉には、何の感情も込められてはいなかった。ただただ淡々としたものだった。

「――私、美大行かないんだ」

「……覚えてる？　私は今でも忘れられないの」

あの日、彼女は私たちの前から逃げたのだ。

酷く冷たい言葉を残して。

「美大に行くなんて、冗談に決まってるじゃん。私たちより上手い人なんてごろごろいるし、絵なんか安定した将来が保証されないでしょ。えっ、何その顔。まさか本気だった？　……嘘つき？　やめてよ、かわいい冗談でしょう――」

目の前の彼女の顔も、ぼやけた月も醜く歪む。

裏切られたようだった。私の夢、広樹の夢、そして彼女の美しい作品たちを侮辱されたようだった。

乾いた笑い声を上げる春子。私の世界が灰色に染まっていく。

嘘つき女、大嫌い、憎い、裏切り者。

何よりも、彼女の口から「絵なんか」という言葉が発せられたのが一番悲しかった。

——信じてたのに。

繋いだ指に力がこもる。

「俺も忘れたことないよ」

二人、自然と足が止まる。全ての気持ちを振り切りたくて、私は叫んだ。

「春子が不幸でいますように！」

彼女は絵を描くのを止めた。次の日から部活に顔を出さなくなった春子と、話すこともなくなった。今ではどこに住んでいるのかさえ分からない。

「独りぼっちで、悲しく暮らしていますように！　もう、絵を描いていませんように、あれ……」

コバルトブルーの色。あんなに人の心を打つ絵を描ける彼女は、その才能に蓋をして日々を過ごしているのだろうか。

そう思うとなぜだろう。もう関係ないのに、春子のことなどどうでもいいはずなのに、目の奥がやけに熱くなる。朧月がますますぼやけて視界が霞む。

「……由美は、嘘つきだな」

ぽつり。広樹がつぶやいた。

「え？　嘘つきなのは、春子のほうでしょう」

「お互い様だろ」

突如、繋いだ彼の指から力が抜ける。驚いてしがみつこうとした私の指を、彼が一本一本外していく。

「何……？」

「本当は、何も知らないふりをしててもよかったんだけどな。俺は」

繋いでいた手が、完全に離れた。

行き場をなくした手が力なく落ちる。彼の目は、変わらず優しい愛に満ちていた。

「俺は、お前に幸せになってほしいから」

広樹と私は、しばらく口をつぐんだままその場に立ち尽くしていた。

やがて彼が「ごめん」と頭を下げる。

「由美の気持ち、本当は高校生のときから気づいてた」

何のこと——そう返したくても、喉に何かがつっかえて声が出ない。

彼はバッグの中をごそごそと探ると、本のようなものを取り出した。

それは、私たちが生まれ育って通った高校のある地方発の雑誌だった。今月号である。

「その付箋の貼ってあるページ、開いてみて」

震える指でなんとかページを捲る。

「これ……」

そこにあったのは、作業着を着た一人の女性と大人びた春子が並んで笑っている写真。

写真の横にはぶ厚いフォントで『母の跡を継ぐ若い力！　雨宮春子さん』と書かれている。

「春子のお父さんが倒れて、家業を継がなきゃならなかったんだって。美大に行くお金もなくて、だから夢を諦めた」

「そ、そんな……どうして広樹はこれを……？」

「実は今でも春子と連絡を取り合ってるんだ。ちゃんと最後まで話を聞いて！」

今にも彼のシャツに摑みかかろうとした手を押し止められる。

なぜ広樹だけが春子の連絡先を知っているんだ。なぜ私じゃないんだ。湧き上がる感情は、紛れもなく「嫉妬」だった。

――それじゃあ、いったい誰に？

「いい？　由美」

言い聞かせるような口調。彼の目の中に、朧月が危うげに映っている。

「春子が好きな人は――」

彼にその名を伝えられる数秒前まで、確かに私の世界は灰色だった。

好きな人。キャンバスに描かれたその姿は、彼女が切り取ったコバルトブルーは
――。

「でも、もう、遅いよ」

地面に落ちた返事は、知らず知らずのうちに奥底に秘めた全ての感情を認めていた。

彼が優しく促す。

「もう一枚、捲ってごらん」

言われたとおり捲る。『地方絵画コンクール』という題の下に、大きく存在を主張するその絵。

目の前が、私の世界が、鮮やかなコバルトブルーに染まった。

その瞬間理解した。逃げ出したのは春子じゃない。私なんだ。すぐに心を閉ざし、素直になれない彼女に寄り添うことができなかった私自身が逃げたのだ。

だってほら。

「やっぱり春子って、いい絵描くよな」

最優秀賞に選ばれた絵。灰色が消え去り、キャンバス一杯にコバルトブルーが広がっている。

そして中心で特別鮮やかな一人の姿。

「ずるい、ずるいよ……」

題は『I．Y．　私のずっと好きな人』。

「あいつは今でも、お前のことを待ってる」

「I．Y．」。そのイニシャルを何度も指でなぞる。想いを確かめるように。愛しくて、愛しくて。

「美大に行かなかった本当の理由を由美に伝えられなかったのは、お前に頑張ってほしかったからなんだって。絵はその人自身を表すっていうだろ？　憐れまれて一緒に悲しまれて、いい絵を描くお前の感性に変化を与えたくなかったんだと」

あの日私は傷ついた。悔しくて、それまで以上に「春子には負けたくない」と強く思った。絵を描き、春子が好きだった（とそれまで思い込んでいた）広樹と付き合い、悲しみをバネにしてついに夢を叶えた。

――ありがと。

あんたのおかげだったんだよ。そう伝えたら「馬鹿みたい」と鼻で笑われるだろうか。

考えただけでおかしくて、なのに笑い声の代わりに唇から嗚咽が漏れた。

しばらく彼が優しく背中を撫でてくれていた。

だいぶ落ち着いたところで、

「明日仕事休みだろ」

「……そうだけど」

「会いに、行ったら」

ずびっと鼻を啜る。もう少しだけ待って、と言いかけて口をつぐむ。

こんなに待たせてしまったのだ。春子も、広樹も。逃げることはもう許されない。

「今まで本当にごめんね。ありがとう」

広樹には、謝っても謝っても足りないくらい悪いことをした。傷を忘れるために、彼の気持ちを利用したも同然だ。

彼は「ううん」と笑って首を振ると、

「俺が望んでしただけ。二人の気持ちに気づいててくっつけなかった俺が一番悪いんだよ。ずっと由美のこと好きだったからさ。少しは夢見させてほしくて黙ってた」

「優柔不断」など取り消しだ。優しさと強さは対ではない。むしろ優しさを持つ者こそが、真の強さを持ち合わせることができるのかもしれない。

再び夜空を見上げる。願いを叫ぼうとしたけれど、やはり気恥ずかしくて。

「春子がし……不幸でいますように！」

「……そんなこと願ったら、本当に不幸になっちゃうと思うぞ？」

え、と不安になって広樹を見上げる。彼の表情がとたんに緩み「ふはは、嘘嘘！」と頭を豪快に撫でてきた。

「大丈夫だって。神さまは、お前たちの嘘だらけの言葉じゃなくて、心の中にある本当の願いを見てくれてるよ」

一ノ瀬由美が不幸になりますように、美大に合格しませんように、夢が叶いませんように——。

素直になれない私たちは似た者同士。裏返しの言葉と想いは、きっと神さまに笑われたことだろう。

朧月を見上げながら、願う。
明日は素直になれるだろうか。

さよならはみどりいろ

麦谷那世

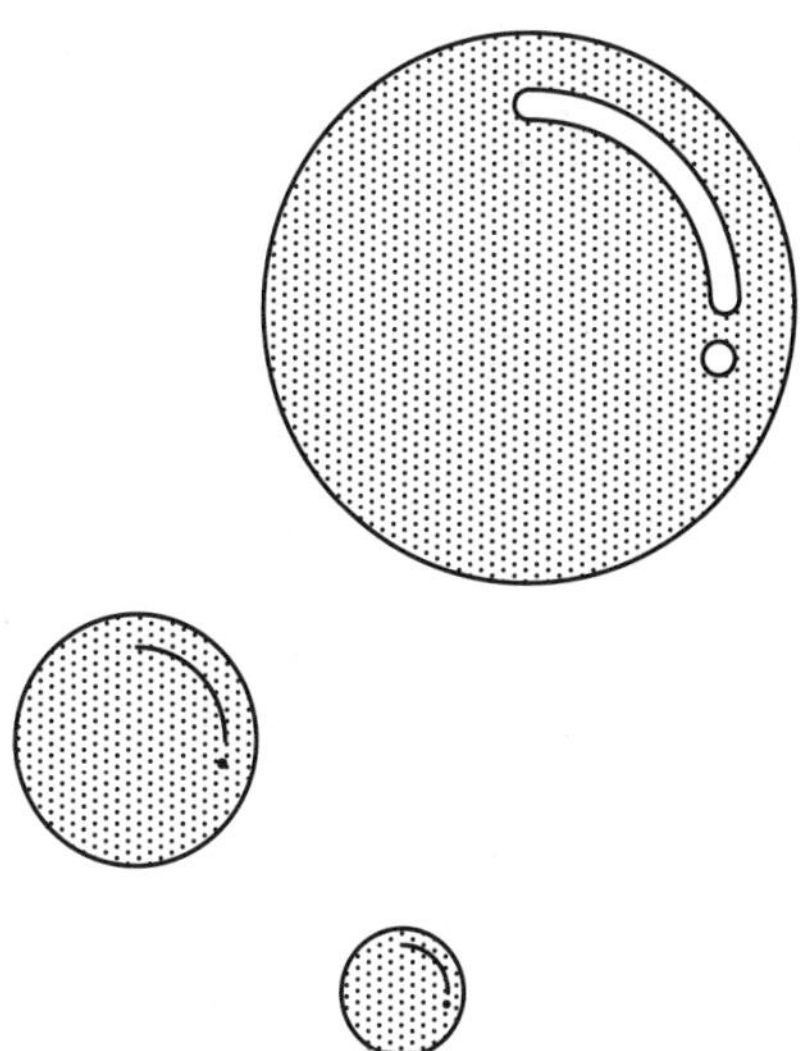

プロローグ

「では、簡単な自己紹介と絡めて、弊社を志望される動機をお聞かせ願えますか？」

人事部長が志願者に問うと、その若い男性はぴっと背筋を伸ばした。

「あ、はい。えっと……」

んんっ、と軽く咳きこむように喉を整える仕草は、品がよくて好ましかった。

私と同い歳くらいかな。まだ目を通していない志願者の履歴書と職務経歴書を、隣り合って座っている人事部長の机からそっと引き寄せた。

採用面接のときはいつも、人事部からひとり、配属希望の部署からひとり、面接官を務めることに決まっている。私たち第一編集部からはいつも課長が同席しているのだけれど、今日は彼が病欠のため、急遽私になったのだ。

その中途採用志願者の名前を確認し、私は一瞬頭が真っ白になった。

――芳賀隆生(はがりゅうせい)？

「芳賀隆生と言います」

記憶にあるよりずっと低い声が、鼓膜に届いた。

「自分が出版業界を目指そうと思ったのは、一冊の本がきっかけでして……」

私の旧友だった男は、品のいい笑顔を保ちながら語り始める。その左眉の上には、セピア色の大きなほくろがあった。

さよならはみどりいろ

子どものころ、私には格別にお気に入りの絵本があった。

『さよならはみどりいろ』。

それは、私の祖父、乾三太(いぬいさんた)が生前に自費出版した絵本だった。

残念ながらその絵本は、祖父が亡くなる少し前に版元である出版社が倒産したため、事実上の絶版になってしまったのだった。

倒産時、せめて在庫を引き取ろうとして祖父は奮闘したらしい。でも、とうとう編集部と連絡がつかないまま、祖父は心臓発作でこの世を去ることになってしまった。

私がまだ四歳のころの話だ。

両親がその事情を子どもにも分かるように噛みくだいて説明してくれていたので、その本がもうこの世に流通することのない貴重なものであることを、私は幼いながら理解していた。

私の手元に残された一冊の『さよならはみどりいろ』を、私は毎日ランドセルに入れて小学校に持ち歩いた。

一言一句暗記してしまっても、ページがぼろぼろになってしまっても、何度も何度も読み返した。

その絵本自体が大好きだったし、うっすらと覚えている祖父のぬくもりがページを開くたびに蘇る気がして。

特に、自分があまり集団生活に向いていないことをうっすら自覚していた小学二年生の私にとって、『さよならはみどりいろ』は御守りのような役割をしてくれた。

クラスの女の子たちがみんな持っているキャラクターグッズのよさが分からず、いつの間にか流行に取り残されていることに気づいたとき。

ぼおっとしていて先生の話を聞き流し、翌日持ってくるべきものを家に忘れて怒られたとき。

ランドセルや机の引き出しに入れてある一冊の絵本の存在を思うだけで、心がほっと温まる気がした。

おじいちゃんが寄り添ってくれている、と思えた。

『いぬいみひろさま
こころゆたかなひとにそだってください
いぬいさんたより』

見開きの部分に油性ペンで記された、祖父のサイン。

出版時乳児だった私に敬称を付け、一人の人間として扱ってくれた祖父のことを、私はいつまでも心の奥底で愛し続けた。

そのサンタクロースのような名前も含めて、大好きだった。

祖父と過ごした幼い日々のおぼろげな記憶をなぞるように、私はその文字を小さな指先で何度も何度も撫でた。

『さよならはみどりいろ』は、サバンナで暮らすシマウマが主人公の物語だ。

群れの中で一頭だけ、体に縞模様がなく、ただの白い馬に生まれてきた、マッシュ。

「おまえがいると、天敵のライオンやチーターに見つかりやすくて困るよ」

仲間に言われ続けて思い悩んだマッシュは、願いを叶えてくれると言われている魔法の木のもとへ行く。

「みんなと同じように、縞模様にしてください」

それなのに、翌朝目が覚めるとマッシュの体は緑色になっていた。

緑色の馬になったマッシュを、群れの仲間は歓迎した。

遠目だと草や茂みに擬態(ぎたい)することも可能な緑色の体は、敵の目を欺くことができたからだ。

重宝される嬉しさに、自信を取り戻したマッシュ。

けれどある日、気づいてしまう。

仲間たちが優しいのはこの体が便利なだけで、自分の中身を愛してくれているわけじゃない――。

ひとりで生きてゆくことを決意したマッシュは、ある晩そっと群れを抜けだし、サバンナの奥へと消えてゆく。

子ども向けの絵本にしては、悲しくて救いのない結末だ。けれど、その物語は幼い心の奥底へまっすぐに届いた。綺麗事だけでは生きてゆけない。

そのことを、祖父は平易な表現と鮮やかな色遣いで伝えたかったのではないだろうか。

私は生まれつき全体的に色素が薄く、髪の毛は栗色に近い茶色だ。

そのことをクラスの男子にからかわれるたび、言い返すこともできずにうつむいて唇を噛んだ。

努力で変えることのできない、見た目のコンプレックス。

私には、マッシュの辛さや孤独が痛いほど分かる気がした。

そんな日々を送っていた小学二年の夏休み明け、クラスに季節外れの転校生がやってきた。

やや小柄で、背筋がきりっと伸びていて、左眉の上にやや大きめの、セピア色のほくろがある男の子。それが、芳賀隆生だった。

隆生は、私の隣りの席になった。

神奈川県の横浜市から来たという彼は、クラスの男子とひと味違った。

北国の田舎町で育った私たちと違って、綺麗な標準語を話すけど、気取っていない。

人の名前や容姿の特徴をからかったりしない。

給食や掃除の時間に騒いだり、悪ふざけしたりしない。

かと言って優等生ぶっているわけでもなく、口数は少ないものの人懐っこくおおらかで、ごく自然にクラスになじんでいった。


「その本、いっつも読んでるね」

休み時間にひとり『さよならはみどりいろ』を開いていると、隣りの席から隆生が声をかけてきた。

「うん。大切な本なの」

「へー、なんで?」

「おじいちゃんが作った本なんだ」

「え、マジで?」

「もう死んじゃったけど」

「そうなんだ……すごいね」

隆生はしみじみと言った。

ああ、やっぱりクラスの男子とは違う。

私は少しどきどきしていた。

隆生は席を立って私の目の前に立ち、見せて、と手を伸ばしてきた。

手渡そうとしたそのとき、

「そいつおかしいいんだよ、隆生」

クラスの悪ガキ、健治（けんじ）の声がした。

体の大きな智成（ともなり）もいる。

いつもいつも、髪を結わえたゴムやリボンを取ろうとしたり、スカート捲りをしたりしてくる、最も苦手な男子たちだった。

「幼稚園児みたいな絵本、いっつも持ち歩いてるんだぜ。ばっかみてえ」

健治が隆生の肩に腕を回し、甲高い声で笑った。

「ちがうもん。ちゃんと『たいしょうねんれい10さいまで』って書いてあるもん」

普段ならうつむくだけなのに、隆生の前で馬鹿にされた悔しさでカッとなり、本の裏表紙の文字を健治に指し示した。

「何だそれ、知ーらねえ」

健治は人を苛立たせる声で言った。

「知ーらねえ。髪も茶色だし、変なの」

智成も同調した。

「隆生、遊ぶべ」

ふたりは隆生の腕を摑み、私に背を向けた。

離れる直前、隆生は、

「僕は、おかしいと思わないよ」

と、私にだけ聞こえる声で言った。


「あなたの尊敬する人は誰ですか？」

「あなたは将来、どんな大人になりたいですか？」

国語の授業で、先生が作文のテーマを告げた。

秋が深まり、冬の気配が訪れ始めたころだった。

「俺、作文だーいっきれえ」

健治がいきなり音を上げて、先生に怒られている。

前の席に座る早苗ちゃんは、

「えー、看護師さんとかでいいのかなあ」

などとつぶやいている。

針のように尖らせた2Bの鉛筆の先を白い原稿用紙にあてながら、私はおじいちゃんのことを思った。

この世を去ったあとも、絵本を通じて私を支え続けるおじいちゃん。

私は絵が得意じゃないし、物語を考えるよりは読むほうがずっと好きだ。

絵本を作るのは無理でも、絵本を作る人を支えるお仕事はできないかなあ。

小学二年生なりの精いっぱいの知識と想像力で、考えた。


「わたしがそんけいするひとは、おじいちゃんです。

おじいちゃんは、わたしが四才のときになくなりましたが、『さよならはみどりいろ』というすてきな絵本をのこしてくれました。

その本は、しゅっぱん社がつぶれてなくなってしまったので、もう本屋さんで買うことができません。

わたしは、本を出したいひとがいつでも出せるように、つぶれない会社を作って、そこではたらくひとになりたいです。」

その作文は先生に褒められ、赤い波線をたくさん引かれて貼り出された。

みんなと同じ壁ではなく、優秀なもの一点だけが貼られる特別なホワイトボードがある。

そこに自分の作文が選ばれるのは初めてで、私は舞い上がった。

おじいちゃんがすごい人だと認められた、そんな気がした。

幼い自尊心が満たされるのを感じていた。

ある日の放課後、人もまばらになった教室で、私の作文をじっと読んでいる人がいた。

隆生だった。

そのころにはすっかりこの学校になじんでいた彼は、野生児そのものである他の男子たちと同じように裏山を駆け回り、腕や膝にいくつも絆創膏を貼っていた。

他のクラスの先生が作文を読みにくることはあっても、クラスメイトに熟読されるのは初めてだった。

私は味わったことのない緊張を覚えた。

ふいに、隆生が振り返った。

目が合った。

「みひろって、すっげえなあ」

黒いランドセルを背負った隆生は、興奮した声で言った。

大きく笑ったので、左眉の上のセピア色のほくろが形を変えた。

教室の窓から西日が射して、その笑顔を茜色に染める。

その瞬間、私は隆生と世界でふたりきりになったような気がした。


内向的な性格だった私が少しずつ自分の殻を破れるようになっていったのは、このころだったと思う。

クラスの女の子たちが夢中で貸し借りしている少女漫画や、ファンシーなキャラクターものの文房具に、いつしか歳相応の興味を寄せるようになっていた。

放課後に互いの家を行き来する友達も増えた。

「みひろちゃんって、ちょっと変わってるけど、おもしろいね」

級友たちは私をそんなふうに評した。

健治たちからは相変わらずからかわれることもあったけれど、呼吸を整えてから冷静に言い返すと、幼い相手はひるむのだということを知った。

北国の冬休みの始まりは、少しだけ早い。

その日は、二学期の終業式だった。

三学期からは、もうこの絵本を御守り代わりに持ち歩かなくてもいいかもしれない。

これが最後のつもりで持ってきた『さよならはみどりいろ』を、私はランドセルから取りだした。

机にしまったはずだった。

いや、机の上に出しっぱなしにしたのかもしれない。

とにかく、終業式を終えて体育館から戻ると、大切な絵本は消えていた。

私は泣きそうな気持ちで身の回りを調べ尽くし、教室を見渡した。

視界の隅に、鮮やかな緑色の表紙が目に入った。

席替えで席の離れた隆生が、『さよならはみどりいろ』を開いていた。

「……なんで」

貸してって、ひと言、言えばいいのに。

湧き上がる疑問と苛立ちを抑えながら、私は隆生に近づいた。

その右手には鉛筆が握られていた。

………落書き⁉

隆生が？　私の大切な本に？

心臓が痛いくらいに鼓動し、くらくらと目眩がした。

隆生の目の前に立ち、彼を見下ろした。

『さよならはみどりいろ』のページの上に、彼は鉛筆を動かしていた。

……やっぱり！

血の気が引いた。

目の前の光景が信じられず、怒りで膝が震えるのを感じた。

「隆生！」

自分でもびっくりするほど大きな声が出た。

隆生はびくりとして私を見上げた。

周りのクラスメイトたちも、何事かとこちらを見ている。

「何、やってるのっ」

大切な絵本を、隆生の手からがむしゃらに奪い返した。ページがくしゃりと折れる音がした。

「あの……ごめん、それ……」

「信じられないっ」

隆生の言い訳も聞かずに、興奮に息を弾ませながら、私は言った。

「信じられないっ！　隆生は、隆生だけは、こういうことしないと思ってたのにっ」

絵本を抱きしめながら叫んでいると、ゆらゆらと視界が歪んだ。

驚くほど熱い涙が次々に湧き上がり、リノリウムの床にぼたぼたと零れた。

「ひどい、ひどいよっ」

隆生は、右手に鉛筆を握ったまま、目を見開いて私を見つめていた。

そして、聞き取れないほどの小さな声で「ごめん」とつぶやいた。

半泣きのままホームルームを終え、飛んで帰った。

階段を駆け上がって自分の部屋に飛び込み、ランドセルから『さよならはみどりいろ』を取り出す。

教室であれ以上注目を浴びるのは嫌だったので、帰宅後にじっくり検分しようと思ったのだ――隆生に落書きされた箇所を。

「みひろー、うがい手洗いしたのー⁉　通知表はー⁉」

お母さんが階下から叫ぶのを無視して、隅から隅までくまなくチェックした。

全部で四箇所、文字の部分に、鉛筆で薄く丸印が付けられていた。

『だめだよマッシュ、はでに動きまわっちゃ。きみは白過ぎるんだから、てきに見つかってしまうよ』の、『だ』。

『魔法の木に、かれはいのりをささげた。』の、『い』。

『すごいよ、マッシュ。きみが草みたいなみどりいろだから、ライオンのやつ、こっちに気づかないんだ』の、『す』。

『きっと、みんな、ぼくの中身が必要なわけじゃないんだ』の、『き』。

その四文字を繋げたとき、心臓がどくんと跳ね上がった。

――『だいすき』。

嘘だ。嘘だ。

消しゴムを握っていた私の手は、細かく震え始めた。

隆生は、私にこれを伝えるために？

ああ、でもそうでもないと、彼のような人が私の大切な絵本に書き込みをする理由なんてない。

隆生。

ごめん、言い訳も聞かなくて。

隆生、隆生、隆生。

新しい涙が湧き上がり、最後のページ、仲間の群れを振り返るマッシュの瞳の上に、ぽたんと落ちた。

こんなに落ち着かない気持ちでクリスマスや年末年始を過ごしたのは、初めてだった。

三学期に会ったらすぐ、謝ろう。

私も隆生のこと、大切な友達として大好きだって伝えよう。

——だけど、それが叶うことはなかった。

冬休みが明けて登校すると、隆生の姿はなかった。

教室のどこにも。

「隆生くんは、東京の学校に転校されました。本人とご家族の希望で予告できなくて、ごめんなさいね。短い間だけど、とても楽しかったそうです」

先生が話すのを、信じられない思いで聞いた。

八歳の心の湖の底に、取り出すことのできない重い石が投げ込まれ、沈み込んでいった。

エピローグ

忘れたことはなかった。

みんなが再び隆生のいない生活に慣れてしまっても。

卒業式の日、健治に「好きだったからいじめてたんだ」と告白されたときも。

「……初恋の女の子の大切にしていた絵本がありまして。その子の祖父が出版したものだったらしいんですけど、まだインターネットが普及し始めたくらいのころのことで、どう探しても情報がなくて。出版業界に入ってそれを探しつつ、本を出したい人の手助けができればと思い、自費出版のレーベルを持つ御社を志望いたしました」

隆生は淀みなくしゃべりきって、こほんとひとつ小さな咳をした。

「……へえ、ちなみにその本の作者名とか、分かりますか?」

人事部長が身を乗り出していた。

「あ、はい。『乾三太』っていうんですけど」

「いぬい?」

部長がちらりと私を見た。

「……あれ? そう言えば君も、入社のときそんなこと言ってなかったっけ……」

ずっと部長の方を見てしゃべっていた隆生が、初めて私を直視した。

私も、隆生を見つめ返した。

記憶を探るような目をしていた隆生が、あ、と小さく息を飲んだ。

「……あの、乾みひろです。こんにちは」

おかしいくらい震える声で言う私の頭の中を、縦横無尽に駆け回る緑色の馬がいた。

本書は、小説投稿サイト「エブリスタ」が主催する短編小説賞「三行から参加できる　超・妄想コンテスト」に投稿され、その後「5分シリーズ」として刊行した作品から、読者の人気投票をもとにベスト版として再構成し文庫化したものです。

本書の内容に関してお気づきの点があれば編集部までお知らせください。

info@kawade.co.jp

5分後に涙が溢れるラスト

二〇二二年 四 月二〇日 初版印刷
二〇二二年 四 月三〇日 初版発行

編 者 エブリスタ
発行者 小野寺優
発行所 株式会社河出書房新社
〒一五一-〇〇五一
東京都渋谷区千駄ヶ谷二-三二-二
電話〇三-三四〇四-八六一一（編集）
〇三-三四〇四-一二〇一（営業）
https://www.kawade.co.jp/

ロゴ・表紙デザイン 粟津潔
本文フォーマット 佐々木暁
印刷・製本 中央精版印刷株式会社

Printed in Japan ISBN978-4-309-41807-0

スイッチを押すとき 他一篇

山田悠介　41434-8

政府が立ち上げた青少年自殺抑制プロジェクト。実験と称し自殺に追い込まれる子供たちを監視員の洋平は救えるのか。逃亡の果てに意外な真実が明らかになる。その他ホラー短篇「魔子」も文庫初収録。

その時までサヨナラ

山田悠介　41541-3

ヒットメーカーが切り拓く感動大作！　列車事故で亡くなった妻が結婚指輪に託した想いとは？　スピンオフ「その後の物語」を収録。誰もが涙した大ベストセラーの決定版。

93番目のキミ

山田悠介　41542-0

心を持つ成長型ロボット「シロ」を購入した也太は、事件に巻き込まれて絶望する姉弟を救えるのか？　シロの健気な気持ちはやがて也太やみんなの心を変えていくのだが……ホラーの鬼才がおくる感動の物語。

僕はロボットごしの君に恋をする

山田悠介　41742-4

近未来、主人公は警備ロボットを遠隔で操作し、想いを寄せる彼女を守ろうとするのだが——本当のラストを描いたスピンオフ初収録！　ミリオンセラー作家が放つ感動の最高傑作が待望の文庫化！

ニホンブンレツ

山田悠介　41767-7

政治的な混乱で東西に分断された日本。生き別れとなった博文と恵実は無事に再会を果たし幸せになれるのか？　鬼才が放つパニック小説の傑作が前日譚と後日譚を加えた完全版でリリース！

メモリーを消すまで

山田悠介　41769-1

全国民に埋め込まれたメモリーチップ。記憶削除の刑を執行する組織の誠は、権力闘争に巻き込まれた子どもたちを守れるのか。緊迫の攻防を描いた近未来サスペンスの傑作に、決着篇を加えた完全版！

神様の値段　戦力外捜査官

似鳥鶏　41353-2

捜査一課の凸凹コンビがふたたび登場！　新興宗教団体がたくらむ“ハルマゲドン”。妹を人質にとられた設楽と海月は、仕組まれ最悪のテロを防ぐことができるか⁉　連ドラ化された人気シリーズ第二弾！

戦力外捜査官　姫デカ・海月千波

似鳥鶏　41248-1

警視庁捜査一課、配属たった２日で戦力外通告⁉　連続放火、女子大学院生殺人、消えた大量の毒ガス兵器……推理だけは超一流のドジっ娘メガネ美少女警部とお守役の設楽刑事の凸凹コンビが難事件に挑む！

ゼロの日に叫ぶ　戦力外捜査官

似鳥鶏　41560-4

都内の暴力団が何者かに殲滅され、偶然居合わせた刑事二人も重傷を負う事件が発生。警視庁の威信をかけた捜査が進む裏で、東京中をパニックに陥れる計画が進められていた――人気シリーズ第三弾、文庫化！

世界が終わる街　戦力外捜査官

似鳥鶏　41561-1

前代未聞のテロを起こし、解散に追い込まれたカルト教団・宇宙神瞠会。教団名を変え穏健派に転じたはずが、一部の信者は〈エデン〉へ行くための聖戦＝同時多発テロを計画していた……人気シリーズ第４弾！

ブルーヘブンを君に

秦建日子　41743-1

ハング・グライダー乗りの蒼太に出会った高校生の冬子はある日、彼がバイト代を貯めて買った自分だけの機体での初フライトに招待される。そして10年後――年月を超え淡い想いが交錯する大人の青春小説。

KUHANA!

秦建日子　41677-9

１年後に廃校になることが決まった小学校。学校生活最後の記念というタテマエで、退屈な毎日から逃げ出したい子供たちは廃校までだけ赴任した元ジャズプレイヤーの先生とビッグバンドを作り大会を目指す！

サイレント・トーキョー

秦建日子　41721-9

恵比寿、渋谷で起きる連続爆弾テロ！　第３のテロを予告する犯人の要求は、首相とのテレビ生対談。繰り返される「これは戦争だ」という言葉。目的は、動機は？　驚愕のクライムサスペンス。映画原作。

アンフェアな月

秦建日子　40904-7

赤ん坊が誘拐された。錯乱状態の母親、奇妙な誘拐犯、迷走する捜査。そんな中、山から掘り出されたものは？　ベストセラー『推理小説』（ドラマ「アンフェア」原作）に続く刑事・雪平夏見シリーズ第二弾！

アンフェアな国

秦建日子　41568-0

外務省職員が犠牲となった謎だらけの轢き逃げ事件。新宿署に異動した雪平の元に、逮捕されたのは犯人ではないという目撃証言が入ってきて……。真相を追い雪平は海を渡る！　ベストセラーシリーズ最新作！

空に唄う

白岩玄　41157-6

通夜の最中、新米の坊主の前に現れた、死んだはずの女子大生。自分の目にしか見えない彼女を放っておけない彼は、寺での同居を提案する。だがやがて、彼女に心惹かれて……若き僧侶の成長を描く感動作。

野ブタ。をプロデュース

白岩玄　40927-6

舞台は教室。プロデューサーは俺。イジメられっ子は、人気者になれるのか?!　テレビドラマでも話題になった、あの学校青春小説を文庫化。六十八万部の大ベストセラーの第四十一回文藝賞受賞作。

ヒーロー!

白岩玄　41688-5

「大仏マン・ショーでいじめをなくせ!!」学校の平和を守るため、大仏のマスクをかぶったヒーロー好き男子とひねくれ演劇部女子が立ち上がる。正義とは何かを問う痛快学園小説。村田沙耶香さん絶賛！

キャラクターズ

東浩紀／桜坂洋　41161-3

「文学は魔法も使えないの。不便ねえ」批評家・東浩紀とライトノベル作家・桜坂洋は、東浩紀を主人公に小説の共作を始めるが、主人公・東は分裂し、暴走し……衝撃の問題作、待望の文庫化。解説：中森明夫

クリュセの魚

東浩紀　41473-7

少女は孤独に未来を夢見た……亡国の民・日本人の末裔のふたりは、出会った。そして、人類第二の故郷・火星の運命は変わる。壮大な物語世界が立ち上がる、渾身の恋愛小説。

クォンタムファミリーズ

東浩紀　41198-9

未来の娘からメールが届いた。ぼくは娘に導かれ、新しい家族が待つ新しい人生に足を踏み入れるのだが……並行世界を行き来する「量子家族」の物語。第二十三回三島由紀夫賞受賞作。

屍者の帝国

伊藤計劃／円城塔　41325-9

屍者化の技術が全世界に拡散した一九世紀末、英国秘密諜報員ジョン・H・ワトソンの冒険がいま始まる。天才・伊藤計劃の未完の絶筆を盟友・円城塔が完成させた超話題作。日本ＳＦ大賞特別賞、星雲賞受賞。

消滅世界

村田沙耶香　41621-2

人工授精で、子供を産むことが常識となった世界。夫婦間の性行為は「近親相姦」とタブー視され、やがて世界から「セックス」も「家族」も消えていく……日本の未来を予言する芥川賞作家の圧倒的衝撃作。

ぴぷる

原田まりる　41774-5

2036年、ＡＩと結婚できる法律が施行。性交渉機能を持つ美少女ＡＩ、憧れの女性、気になるコミュ障女子のはざまで「なぜ人を好きになるのか」という命題に挑む哲学的ＳＦコメディ！

Q10　1

木皿泉

41645-8

平凡な高校３年生・深井平太はある日、女の子のロボット・Q10と出会う。彼女の正体を秘密にしたまま二人の学校生活が始まるが……人間とロボットとの恋は叶うのか？　傑作ドラマ、文庫化！

Q10　2

木皿泉　戸部田誠(てれびのスキマ)〔解説〕

41646-5

Q10について全ての秘密を聞かされ、言われるまま彼女のリセットボタンを押してしまった平太。連れ去られたQ10にもう一度会いたいという願いは届くのか――八十年後を描いたオマケ小説も収録！

しき

町屋良平

41773-8

“テトロドトキサイザ2号踊ってみた”春夏秋冬――これは未来への焦りと、いまを動かす欲望のすべて。高２男子３人女子３人、「恋」と「努力」と「友情」の、超進化系青春小説。

きみの言い訳は最高の芸術

最果タヒ

41706-6

いま、もっとも注目の作家・最果タヒが贈る、初のエッセイ集が待望の文庫化！　「友達はいらない」「宇多田ヒカルのこと」「不適切な言葉が入力されています」ほか、文庫版オリジナルエッセイも収録！

ブラザー・サン　シスター・ムーン

恩田陸

41150-7

本と映画と音楽……それさえあれば幸せだった奇蹟のような時間。「大学」という特別な空間を初めて著者が描いた、青春小説決定版！　単行本未収録・本編のスピンオフ「糾える縄のごとく」＆特別対談収録。

学校の青空

角田光代

41590-1

いじめ、うわさ、夏休みのお泊まり旅行…お決まりの日常から逃れるために、それぞれの少女たちが試みた、ささやかな反乱。生きることになれていない不器用なまでの切実さを直木賞作家が描く傑作青春小説集

ハル、ハル、ハル

古川日出男　41030-2

「この物語は全ての物語の続篇だ」――暴走する世界、疾走する少年と少女。三人のハルよ、世界を乗っ取れ！　乱暴で純粋な人間たちの圧倒的な“いま”を描き、話題沸騰となった著者代表作。成海璃子推薦！

カルテット！

鬼塚忠　41118-7

バイオリニストとして将来が有望視される中学生の開だが、その家族は崩壊寸前。そんな中、家族カルテットで演奏することになって……。家族、初恋、音楽を描いた、涙と感動の青春＆家族物語。映画化！

ラジオラジオラジオ！

加藤千恵　41680-9

わたしとトモは週に一度だけ、地元のラジオ番組でパーソナリティーになる――受験を目前に、それぞれの未来がすれちがっていく二人の女子高生の友情。新内眞衣（乃木坂46）さん感動！の青春小説。

青が破れる

町屋良平　41664-9

その冬、おれの身近で三人の大切なひとが死んだ――究極のボクシング小説にして、第五十三回文藝賞受賞のデビュー作。尾崎世界観氏との対談、マキヒロチ氏によるマンガ「青が破れる」を併録。

エンキョリレンアイ

小手鞠るい　41668-7

今すぐ走って、会いに行きたい。あの日のように――。二十二歳の誕生日、花音が出会った運命の彼は、アメリカ留学を控えていた。遠く離れても、熱く思い続けるふたりの恋。純愛一二〇％小説。

葬送学者R. I. P.

吉川英梨　41569-7

“葬式マニアの美人助手＆柳田國男信者の落ちぶれ教授”のインテリコンビ（恋愛偏差値０）が葬送儀礼への愛で事件を解決⁉　新感覚の“お葬式”ミステリー‼

傷だらけの果実

新堂冬樹　41727-1

わたし、誰よりも綺麗になりたい——菊池緑、18歳。大学1年生。クラスで「ボロ雑巾」と呼ばれている少女。彼女の全身改造計画が、今、始まった。青春＆狂気の極上エンターテインメント！

まっすぐ進め

石持浅海　41290-0

順調な交際を続ける直幸と秋。だが秋は過去に重大な秘密を抱えているようで……明らかになる衝撃の真実とは⁉　斯界のトリックスターによる異色の恋愛ミステリー。東川篤哉の解説掌編も収録。

罪深き緑の夏

服部まゆみ　41627-4

“蔦屋敷”に住む兄妹には、誰も知らない秘密がある——十二年前に出会った忘れえぬ少女との再会は、美しい悪夢の始まりだった。夏の鮮烈な日差しのもと巻き起こる惨劇を描く、ゴシックミステリーの絶品。

シメール

服部まゆみ　41659-5

満開の桜の下、大学教授の片桐は精霊と見紛う少年に出会う。その美を手に入れたいと願う彼の心は、やがて少年と少年の家族を壊してゆき——。陶酔と悲痛な狂気が織りなす、極上のゴシック・サスペンス。

リレキショ

中村航　40759-3

“姉さん”に拾われて“半沢良”になった僕。ある日届いた一通の招待状をきっかけに、いつもと少しだけ違う世界がひっそりと動き出す。第三十九回文藝賞受賞作。

夏休み

中村航　40801-9

吉田くんの家出がきっかけで訪れた二組のカップルの危機。僕らのひと夏の旅が辿り着いた場所は——キュートで爽やか、じんわり心にしみる物語。『100回泣くこと』の著者による超人気作。

著訳者名の後の数字はISBNコードです。頭に「978-4-309」を付け、お近くの書店にてご注文下さい。